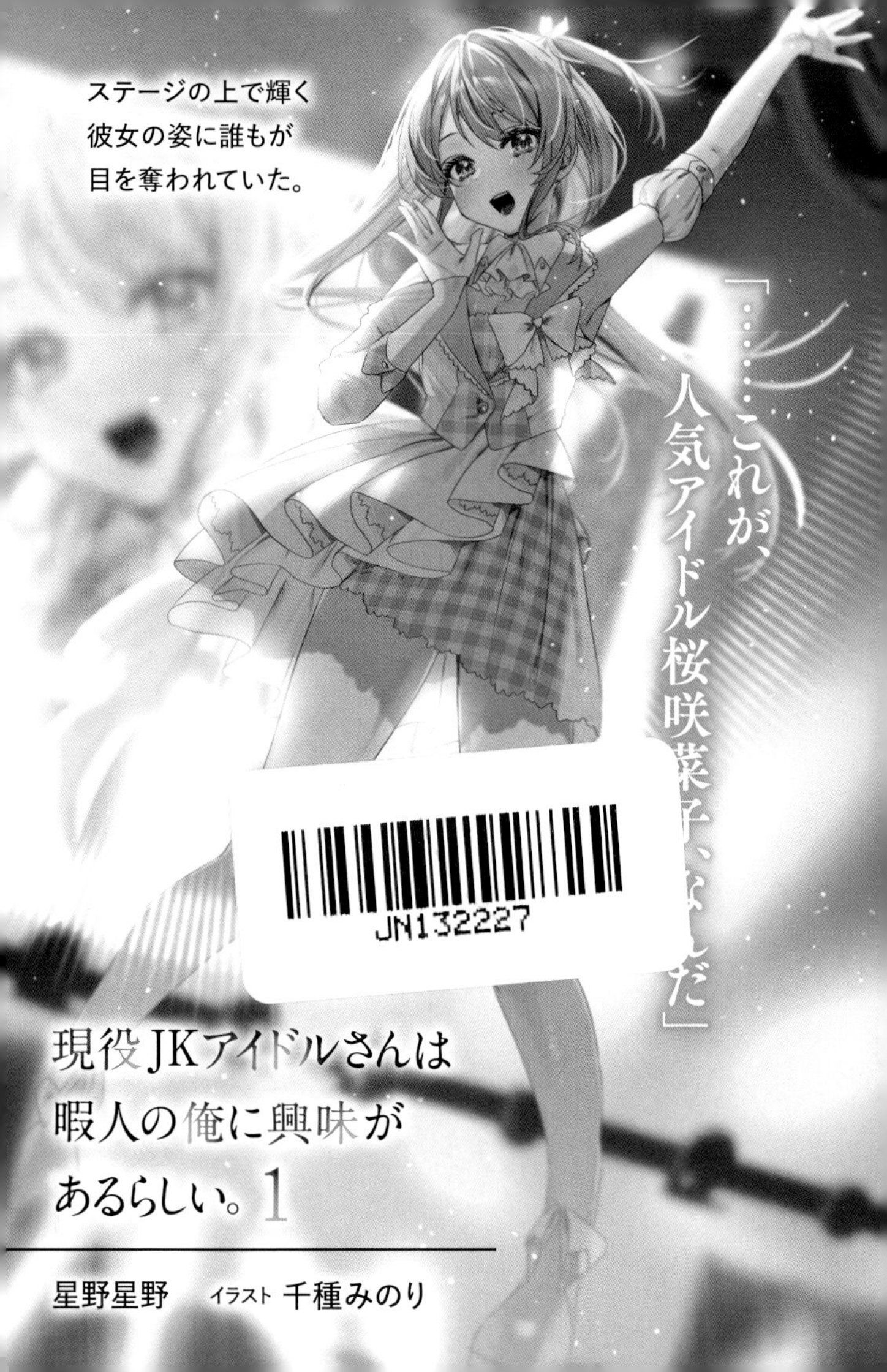

ステージの上で輝く
彼女の姿に誰もが
目を奪われていた。

「……これが、人気アイドル桜咲菜子、なんだ」

現役JKアイドルさんは暇人の俺に興味があるらしい。1

星野星野　イラスト 千種みのり

「…………」
「閑原くんっ！今日はどこ行こっか？」
桜咲《さくらざき》 菜子《なこ》
恋川《れんかわ》 美優《みゆ》

現役JKアイドルさんは
2人きりで動物園デートが
したいようです。

「が、学校では話しかけてくるなって」
閑原《ひまはら》 航《こう》
七海沢《ななみさわ》 詩乃《しの》
「あんたたちホント仲良いよねっ」

現役ＪＫアイドルさんは暇人の俺に興味があるらしい。１

星野星野

OVERLAP

geneki jk idol san ha himajin no ore ni kyomi ga arurashii

CONTENTS

プロローグ　003

第一章　現役JKアイドルさんはゲーセンに興味があるらしい。　005

第二章　現役JKアイドルさんは暇人をもっと知りたい。　054

第三章　現役JKアイドルさんは散歩がしたい。　093

第四章　現役JKアイドルさんはライブを見て欲しいらしい。　134

第五章　現役JKアイドルさんは動物園に興味があるらしい。　161

第六章　現役JKアイドルさんは海鮮に興味があるらしい。　199

第七章　現役JKアイドルさんは花火が観たいらしい。　237

書き下ろし番外編①　花火大会後、恋バナに花を咲かせる　269

書き下ろし番外編②　恋川美優の追憶　274

プロローグ

――彼女はいつも輝いていた。


人気急上昇中のアイドルグループ〝ラズベリー・ホイップ〟のセンター、桜咲菜子《さくらざきなこ》。

現役ＪＫアイドルの彼女は、チャームポイントのぱっちりとした大きな瞳と持ち前の明るい性格で、見た人の心を明るく照らし勇気と希望を与える。

彼女は【王道の美少女アイドル】そのものだった。

ステージ上へと注がれる三原色の照明と、桜咲の顔をアップで映す背後の特大スクリーン。

観客席から割れんばかりの歓声を受け取った桜咲は、ダンスの合間にウインクでそれに応える。

呼応するように客席からは大歓声が起こり、観客のペンライトが一瞬でピンクと黄色に変わる。

「す、すげぇ……」

左に束ねたサイドテールの髪を揺らしながら、その小柄な体格からは考えられないくらいの存在感を放ち、マイクを片手に歌って踊る桜咲。

ステージの上で輝く彼女の姿に、誰もが目を奪われた。

いつも同じクラスで生活してる桜咲菜子とはまた違った桜咲の存在感。

そんな〝みんなのアイドル〟桜咲菜子と、帰宅部の暇人である俺が、放課後一緒に暇つぶしをしているなんて一体誰が信じられるだろうか。

一緒にゲーセンへ行ったり、帰り道で食べ歩きをしたり、休日に遊びに行ったり。

暇人だった俺の人生は、彼女の輝きに導かれるように、全く違うものになっていく。

そう、あの職員室での出会いをきっかけとして――。

第一章　現役ＪＫアイドルさんはゲーセンに興味があるらしい。

通学路の桜が散り、立ち並ぶ木々の葉が青々と茂る五月。

高校に入学してから一ヶ月が経《た》ち、徐々に高校生活にも慣れてきた頃合い……なのだが。

「おい閑原《ひまはら》。なんだこのふざけた点数は？」

俺、閑原航《こう》は職員室へ呼び出しを食らっていた。

中年太りした俺のクラスの担任教師は、俺のテスト結果表をペシペシと机に叩《たた》きつけながら睨《にら》みを利かせる。

事の発端は、先週行われたテストで、俺が解答用紙に名前を記入し忘れ、一教科だけ０点を取ったことだった。

クラスの担任教師は、名前を書き忘れた事情を知らずにテスト結果表の、０点の数字だけ見て『俺が０点を取った』と思ったらしく、えらく腹を立て、昼休みの校内放送で流れていた優雅なクラシック音楽をぶっち切って、スピーカーが壊れるくらいの声量で俺を職員室に呼び出してきたのだ。

おかげで今も、全校生徒の耳には「関原航」の名前が残っているだろう。

「もう高校生なんだぞ？　義務教育も終わり、社会に出るためにも自主性が求められるっていうのに……お前ときたら、部活には入らない！　勉強はこの点数！ったく、先が思いやられる」

昼休みが始まってすぐに呼び出された俺は、既に二十分は担任の前に立たされて説教を受けている。理不尽にもほどがあるだろ。

「名前を書き忘れたので」と言えば、ある程度は情状酌量の余地があるのかもしれないが、ただでさえ怒りっぽい担任がヒートアップしている最中に、その言い訳を提示するのは火に油を注ぐことになるだろう。

大人しく担任の叱責を受け止めるフリをして、俺はやり過ごそうとしていた。

……あぁ、そんなことより早く昼メシが食いたい。

「おい、聞いてるのか関原ッ！」

今日一番の怒号が職員室中に響き渡ったその時——職員室の引き戸が開かれる。

「先生、頼まれてたノートを回収して持ってきました」

横槍《よこやり》を入れるように、透明感のある声が聞こえる。

その声の主が近づいてくるやいなや、担任の加齢臭が爽やかでフルーティーな女子の香水で浄化された。

「おお、わざわざありがとな桜咲」

「いえいえ。日直なので」

担任の机に何冊ものノートの山を置き、愛想笑いを浮かべる女子生徒。

彼女は俺のクラスメイトで、現役ＪＫアイドルの桜咲菜子。

【ラズベリー・ホイップ】というアイドルグループに所属しているらしく、最近よくテレビで見かける。……って感じで、アイドル分野に明るくない俺でも知っているほどの有名人だ。きっと世間ではもっと人気なのだろう。

横目で桜咲を見ていると、隣に立つ桜咲も俺の方をチラッと見てきた。

何だ？　叱られてる俺をバカにしてるのか？

「お取り込み中のところ、すみません。何かあったんですか？」

「ああ、この前のテストで、こいつが０点を取ったから今こうして説教をだな」

「０点？」

桜咲は眉を顰《ひそ》めながら、俺の方を見てくる。

「あの、お言葉ですが、０点なんて普通取らないと思いますけど」

部外者なのに、桜咲はズケズケとこの一件に踏み入ってくる。

「どうせ帰宅部で怠惰なこいつのことだ、テスト中に寝てたとかだろ」

「本当にそうでしょうか？　先生は実際に解答用紙を見たんですか？」

「そ、それは……だな」

さっきまで威勢の良かった担任だが、桜咲の至極真っ当な指摘によって、口数が少なくなる。

桜咲って、こんなに物を言える性格だったか？

アイドルとはいえ、いつもクラスでは比較的大人しめの印象だったが……。

「ど、どうなんだ関原！　解答用紙は持ってきてないのか!?」

「えっと、持ってきてますけど……」

一応、解答用紙は持ってきていたが、この教師の場合、反論したら説教が長引きそうだったので、あえて出していなかった。

俺は制服の右ポケットに入れていた、四つ折りの解答用紙を広げ、担任の机に差し出す。

「なっ、なんだこれは……普通に90点超えてるじゃないか」

担任はその解答用紙を見ながら目を丸くしている。

「0点だったのは〝名前の書き忘れ〟が原因だったんじゃないですか？　ほら」

桜咲は人差し指で、俺の解答用紙の氏名の欄を指差す。

余計なことを……こんなの、この担任に言ったらさらに怒り出すに決まってる。

「おい関原！　何でそれを先に言わなかったんだ！」

当然、担任は自分の勘違いを俺の落ち度にしてきた。

ここまで来たら、事情を把握しなかった自分ではなく、説明しなかった俺を叱咤《しった》しないと自分の立場がなくなるもんな。

仕方ない……こうなった以上、適当に謝っておくか。

「す、すみ——」

「先生。名前の書き忘れで0点を取ったのも確認不足だったと思いますが、その事情を知らないで叱る先生も、同じくらい〝確認不足〟だったと思いますよ？」

桜咲はどストレートにそう言って軽く会釈をすると、引き戸の方へ踵《きびす》を返して職員室から出ていった。

桜咲の指摘が効いたのか、担任は何も言えなくなっており、唇を噛《か》みながら俺の方を睨んでくる。

「次回からはこんな舐《な》めた点数を取るなよ。分かったな？」

「は、はい」

こうして長かったお説教タイムが終わった。

俺はぐったりと肩を落としながら職員室の引き戸を開ける。

桜咲のおかげで事態が収まったが、今回の一件で、あの担任から恨みを買われてそうなのが懸念される……。

あのまま反論しないで、説教を受けていた方が事なきを得たような気もするが……まあ、これ以上考えるのはやめよう。

さてと、学食に寄って昼食を済ませてから戻るか——な？

職員室から退室した途端、先ほども香った、あの香水の匂いが再び鼻腔《びこう》を擽《くすぐ》る。

この匂い——さっきの。

「やっと出てきた」

引き戸の隣にある掲示板に寄りかかっていた桜咲菜子《さくらざきなこ》。

肩まで垂れ下がったサイドテールを人差し指でクルクルと弄《いじ》りながら、真《ま》っ直《す》ぐにこちらを見つめてくる。

「えと、桜咲……さん？」

入学から一ヶ月が経つが、こうやって彼女と一対一で話すのは初めてだ。

普段同級生に敬語なんか使わない俺だが、アイドルという別次元の彼女と話すとなれば、つい畏《かしこ》まってしまう。

「さっきは、ありがとうございました」

桜咲のせいであの担任から余計に恨みを買ってしまったような気もするが、話したこともない俺を擁護してくれたのは間違いないので、お礼を言っておく。

「いいよいいよ。あの先生の理不尽なお説教は、前から気になってたから」

桜咲は謙遜しながら微笑《ほほえ》む。

確かにあの担任教師は、普段からちょっとしたことで生徒を呼び出したり、こじつけで説教したりと、目に余る点は多かった。

「君、同じクラスの閑原くん、だよね？」

「そう、ですけど……」

「……君ってさ、もしかして暇人？」

さっきあれだけ擁護してくれたのに、急に俺をディスってくる桜咲。

なんだこいつ……。

「暇人でしょ？」

「そ、そりゃ部活にも入ってないし……暇人って言ったら暇人ですけど」

「昨日の夕方、駅前のゲーセンにいたよね？」

「昨日……？　あぁ」

彼女が言うように、俺は昨日の放課後、暇つぶしで駅前のゲーセンに寄った。

しかし、なぜそれを彼女は知っているのか。

「ゲーセン、楽しかった？」

「暇つぶしで寄っただけだからなんとも……」

「ふーん。じゃあ質問を変えるけど、ゲーセンってわたしでも楽しめるかな？」

「アミューズメント施設だし、何かしら楽しめるものはあるかと」

「例えば？」

質問攻めかよ。しかも、初めて会話する俺に対して……。

「ねぇっ！　例えばー？」

「そんなに興味があるなら、自分で行ってみればいいと思いますけど」

「あそっか。じゃあ今日にでも行こうかなぁ？」

はい解決。

こんな所で話してる時間はない。さっさと学食に行かないとパンが売り切れて――。

「ね、君って暇人なんでしょ？　今日の放課後、一緒にゲーセン行かない？」

「……は？」

不意打ちすぎて、俺は情けない声が漏れる。

「聞こえなかった？　放課後一緒にゲーセンへ」

「いや行かないですけど」

「えぇ？　何か用事あるの？」

「……ない、ですけど」

「なら一緒に行こ？」

これは……あれか？　桜咲って清楚《せいそ》なアイドルのフリをして、実は意外と男子を引っ掛けてる的な？

……よし、無視しよう。

「今から学食行くの？　それなら、お昼奢《おご》ってあげるから放課後一緒に……」

「悪いけど俺、急ぐんで」

いくら人気アイドルさんからの頼みとはいえ、面倒ごとに巻き込まれるのは困る。

俺は早歩きで彼女を振り切ろうとする。

「ねえ待ってよ！」

☆☆

一階の学食に到着し、いつも惣菜《そうざい》パンが一緒くたにして入れられているバスケットの中を覗《のぞ》くと、残り僅かだった焼きそばパンとコロッケパンを見つけた。

「良かったね閑原《ひまはら》くん、残り二個だったよ」

まさかこの時間帯に焼きそばとコロッケが残っているとは……。

小さな僥倖《ぎょうこう》に幸福感を満たしながら、俺は二つのパンをレジに通す。

「あれ、二つ買うの？　わたしはもうお弁当食べたから要らないよ？　そうそう、うちのお母さん凄《すご》い料理上手でー」

二つの惣菜パンを購入した俺は、ちょうどそのタイミングで空いた学食の一番奥にある四人掛けのテーブル席に座った。

この時間帯は座れないことが多いから、かなりラッキーだったと思う。

俺はパンを食べながら、片手間に昨日暇つぶしで始めたソシャゲにログインしたり、スマホでネットニュースを漁《あさ》ったりしていたのだが……。

「へぇ、君って結構大人びてるね」

「…………」

先ほどから金魚の糞《ふん》みたいに俺の後ろをついてくる現役ＪＫアイドルさん。

さっきからあえて無視を決め込んでいたのだが、彼女が向かいの席に座って俺のスマホを覗き込んでくるので、反応せざるを得なくなった。

周りの生徒は彼女と俺が向かい合っているこの光景に驚き、ありもしないことを囁《ささや》いている。

……ま、まずいな。

「さっき君が開いてたソシャゲ、わたしもやってるよっ」

「へぇ。そうなんですね」

「せっかくだしフレンドになろうよ？」

「……それくらいなら、いいですけど」

「あと放課後一緒にゲーセン行こ？」

「流れるように本望付け足してきたな……」

桜咲に促され、俺は先ほど開いたソーシャルゲームを再度開き、フレンドコードを交換した。

「えぇ?! 君まだランク3じゃん！ ざっこー！ ぷぷっ」

「フレンド解除っと」

「あー！ ごめんてー！」

桜咲に絡まれていたら、昼休みが残り二十分ほどになっていた。

もう昼食は済ませたことだし、そろそろ教室へ戻るとするか。

〝七海沢《ななみさわ》〟の勉強手伝うって約束もしてるしな。

「俺、この後用があるんで。これで失礼します」

「ちょ、ちょっと待って……っ」

桜咲は弱々しく俺の制服の袖を引く。

「放課後、どうしてもダメかな？」

「……俺みたいな捻《ひね》くれ者《もの》じゃなくて、もっと仲の良い人に頼んでくださいよ。ほら、クラスの派手な女子のグループとか」

「そ、それは」

「桜咲さんは有名人ですし、誘えば一緒に来てくれると思います。それで解決ですよね？」

そう言うと、桜咲は無言で俯《うつむ》いた。

「じゃあ俺、先に戻るんで」

俺が席を立つと、もう桜咲が追ってくることはなかった。

流石《さすが》に諦めたか。はぁ……やっと解放される。

清々《せいせい》しながら、俺は学食を出てすぐの所にある階段を上った。

☆☆

しつこく付き纏《まと》ってきた桜咲と学食で別れて教室へ戻ってくると、俺の席ではミディアムヘアの女子生徒が机の上に教科書を広げて難しい顔をしている。

お、やってるやってる。

「ただいま七海沢」

「あ、やっと帰ってきたね航《こう》。お説教お疲れ～」

俺の席を当たり前のように占領しているのは、幼馴染《おさななじみ》の七海沢詩乃《しの》。

快活な性格で男女問わず交友関係が広く、面倒見も良くて人望もある。

その上、この高校にはスポーツ推薦で入学したスポーツ特待生でもあり、女子バレー部期待の一年生……という、帰宅部の俺とは真逆の存在だ。

「にしても説教長かったねぇー。よっ、名無しヤンキーっ」

「俺は名前を書き忘れただけだ。それなのに膝がガックガクになるまで立たされて、鼓膜がぶち破れるくらいの声量で叱られたんだぞ？　理不尽すぎる」

「まあ過ぎたことは仕方ないじゃんっ。そんなことより、あたしに勉強を教える約束、忘れてないよね？」

七海沢は教科書を俺に押し付けながら、そう言った。

「忘れてねーよ。この約束のためにアイツを振り切って戻ってきたんだし」

「アイツ？」

「あっ。いや……なんでもない」

俺は言葉を濁しながら椅子に座る。

下手に桜咲《さくらざき》菜子の名前を出さない方がいいよな。変な勘違いをされて七海沢の広い人脈から一気に拡散されても困るし。

「うー、ここも分かんない」

唸《うな》りながら頭を抱える七海沢。

『天は二物を与えず』ということわざがあるように、どれだけスポーツ万能でコミュ力お化けの七海沢でも、勉強だけは昔から全くダメだった。

だからバレーのことで頭がいっぱいの七海沢が、勉強を教えて欲しいと言った時は天変地異でも起こるのかと思ったくらいだ。

「気合い入ってるな」

「当たり前！　放課後は部活で忙しい分、この時間でなんとかしないとっ」

言いながら教科書と睨《にら》めっこをする七海沢。

「今月は大会もあるし、次のテストで赤点取ったりしたら、チームのみんなに迷惑かけちゃうから……」

「なら、頑張るしかねえよな。分からないところあったらすぐに言えよ」

「じゃあこのページ全部！」

ふんっと、鼻息を荒くする七海沢。

こいつの見上げた志は認めるが……この調子だと赤点を回避するのは、かなり困難を極めそうだ。

「はあ……」

俺の深いため息を皮切りにして勉強会が始まり、昼休み終了のチャイムが鳴るまで続くのだった。

☆☆

昼休みが終わるのと同時に、七海沢は「めっちゃ理解できた！　明日《あした》もよろしく！」と言って自分の席へと戻っていった。

あ、明日も、あるのか……。

辟易《へきえき》としながらグッタリ机の上でうつ伏せになっていると、五限が始まる五分前を知らせるチャイムが聞こえたので、俺は反射的に身体《からだ》を起こした。

やべっ、五限の準備しねーと。

チャイムを聞いた生徒たちが次々と戻ってくる。

学食でウザ絡みしてきた桜咲菜子《なこ》も教室に戻ってきて、遠目ながら俺と目が合った。

な、なんだよ。

俺が目を細めて眉間に皺《しわ》を寄せると、桜咲は対抗するように、恨みったらしくこっちを睨んできた。

ゲーセンへの誘いを断ったことを根に持ってるのか？

帰宅部の暇人で、本来なら人畜無害な俺が、この一日だけで理不尽な担任に恨まれ、クラスの人気アイドルにも恨まれる羽目になるとは……。

俺はため息を漏らしながら、桜咲の視線を尻目に次の授業の準備を進める。

なぜ桜咲は俺みたいな親しくもない男子に、ゲーセンへ行こうだなんて頼んできたんだろうか？

昨日ゲーセンにいる俺を見かけたからか？　それともたまたま職員室にいたのが俺だったからか？

どちらにしても、今まで話したこともなかった男子と「一緒にゲーセン行きたい」とか……理解に苦しむな。

仮に俺が桜咲菜子のファンなら、断る理由もないが……俺は彼女のファンじゃないし、現役ＪＫアイドルの彼女と、帰宅部の暇人では、住んでる世界があまりにも違いすぎる。

まあ彼女なら自慢の愛嬌《あいきょう》を振り撒《ま》けば、誰にでも助けてもらえるだろうし、俺みたいな冴《さ》えない男と行くより、他の人と行った方がゲーセンも楽しめるだろう。

「おい、授業始めるぞ」

職員室で俺を説教していた中年太りの担任教師が入ってきて、五限目の授業が始まる。

またあの長い説教を喰《く》らいたくない俺は、桜咲のことを頭の中から追い出して、授業に集中するのだった。

☆☆

長い一日が終わり、放課後になった。

「部活、頑張ってな」

「うん！　ありがと航っ」

七海沢を体育館まで送り、帰宅部の俺は下校する。

「今日はこの後なにすっかな……」

昇降口にある下駄箱《げたばこ》の前で足を止めながらポケットから取り出したスマホを開く。

前にＳＮＳで話題になってたあのラーメン屋、まだ行ってないんだよな。

ここからはちょっと遠いけど、歩いていけない距離じゃないし、歩いていけば電車賃が浮くからそこに――っん？

俺がスマホを閉じ、顔を上げたのと同じタイミングで三つ左隣の下駄箱からローファーを取り出す生徒が横目に見える。

……まさか。

俺は徐《おもむろ》に自分の革靴のかかとに指を掛けると、さっさと靴を履いて早歩きで昇降口を通り抜ける。

コツンコツン、コツンコツン。

背後から聞こえるローファーの足音。

俺が足を速めれば、合わせるようにその足音も速くなる。

……やっぱ、ついてきてるよな。


しばらく様子を窺《うかが》いながら歩いていたが、校門の前まで来ると、足を止めて振り向く。

するとそこには案の定——桜咲菜子がいた。

そんなことだとは思っていたが……。

「あのー」

「はっ、早くゲーセン行かないとなぁー」

俺が声をかけようとしたら、彼女はそっぽを向きながら白々しくそう言った。

たまたま……？　なわけあるかよ。

そのまま高校を出てからも、背後の足音は消えない。

どうして桜咲はついてくるんだ……？

目の前の信号が赤になって足を止めると、ずっと後ろをついてきた彼女は、俺の右隣に並んだ。

「……はぁ。桜咲さん？」

俺は先に痺《しび》れを切らせて、桜咲に話しかける。

「結局お一人なんですか？」

「敬語やめて」

「……結局、一人なのか？」

そう訊《たず》ねると、桜咲は素直に頷《うなず》いた。

「うん。だってわたし、友達いないから……」

しゅんとした顔で言う桜咲。

桜咲菜子に……友達がいないだと？

現役ＪＫアイドルで、芸能人で、学校でも有名人なあの桜咲菜子に？

「君って……芸能人なら学校でも人気者だって勘違いしてる？」

「か、勘違いとかじゃなくて実際そうだろ」

「それは違う。リアルは全然……真逆だから」

顔を曇らせながら、車の騒音に掻《か》き消されてしまいそうな声で桜咲は呟《つぶや》いた。

そこにはテレビで見せてるようなあざと可愛《かわい》い桜咲菜子の笑顔はなかった。

信号が青になっても彼女の足は動かない。

このまま桜咲を置いていくわけにもいかず、俺も一緒に立ち尽くしていると、次第に隣から洟《はな》を啜《すす》る音がして、桜咲はその小さな手で必死に涙を拭っていた。

「お、おい……泣くほどなのかよ」

急に泣き出すので、俺は対応に困る。

アイドルで、テレビにも出てて、ファンもたくさんいて。仕事もリアルも順風満帆に見えた桜咲菜子に、まさか「友達がいない」なんていう庶民的な悩みがあったとは……。

ふとこの一ヶ月を思い返すと、確かに桜咲は毎回違う人と話していたような気がするし、特定のグループに属している様子もなかった。

クラスの女子たちが桜咲に敬語を使うのは、友達とはいえ芸能人だから、若干の距離感があるのかと勝手に思っていたが……そもそも友達ですらなかったとすれば、悲しいけど合点がいく。

それだけじゃない。クラスのイケイケ陽キャ男子たちが、アイドルの桜咲じゃなくて、七海沢《ななみさわ》のいる運動部女子のグループにアタックしてるのも、きっと同じような理由だ。

俺の知らないところで、クラスでは『桜咲菜子には近づいてはいけない』みたいな空気が出来上がっていたのだろう。

「わたし、アイドルなんかやってるから、みんなに距離置かれちゃって……だから」

クラスの女子やイケイケ男子にすら、距離を置かれてる桜咲が唯一、頼める相手とすれば——暇人の俺くらいだった？ってわけか？

皮肉にも、消去法で俺になったなら納得してしまう。

「ったく」

俺はポケットからハンカチを取り出す。

「ゲーセン行ったら何がしたいんだ？」

「……え？」

彼女にハンカチを渡しながら、俺はゲーセンの方向を指差す。

「行くんだろ？　ゲーセン」

桜咲《さくらざき》は俺のハンカチで目元を拭いながら、顔を上げた。

「う……うんっ」

☆☆

紆余曲折《うよきょくせつ》あったが、結局俺は桜咲と一緒にゲーセンへ行くことになった。

できるだけ人気《ひとけ》のない道を選びながら、俺たちは歩みを進める。

「閑原《ひまはら》くんって帰宅部なんだよね？　放課後はいつもこうやって遊び呆《ほう》けてるの？」

「遊び呆けてなんかねえよ。失礼なやつだな」

「じゃあ何してるの？」

「…………」

いざ聞かれると、出てこないな。

俺がやってることといえば――。

「暇つぶし、とか」

「暇つぶし？」

桜咲は頭に疑問符を浮かべながら聞き返してくる。

「ほら、昨日みたいにゲーセンへ行ったり、近くの商店街で食べ歩きしたり、ＳＮＳでバズってた店のメシを食べに行ったり……」

あれ……こうして口に出してみると、俺って相当堕落した放課後を過ごしてるような。

こんなの、普段からアイドルの仕事で多忙な桜咲に軽蔑されるんじゃ……。

「いいなぁーっ！」

「は？」

桜咲は俺の想像と真逆の反応を示した。

「わたしも『暇つぶし』したい！」

言いながらグイグイ来る桜咲。

「今から行くゲーセンも、暇つぶし？」

「……まぁ、そんなとこだろ」

「へー！」

さっきまでメソメソしてたのに、急に元気になったな……。

あれ、そういや桜咲って、変装とかしないのか？

このままの格好でゲーセンに行ったら大変なことになると思うんだが。

「なあ、桜咲。お前って芸能人なのに変装しないのか？」

「ふふーん。それなら大丈夫！」

ああなんだ。しっかり変装の準備が――。

「なぜならここに『伊達《だて》メガネ』があるからっ！」

だっ、伊達メガネ……？

桜咲は鞄《かばん》から伊達メガネを取り出すと、すぐにそれをかける。

「どう？」

どこにでも売ってそうな赤縁のメガネ。

この変装でオタクが大勢いる駅前のゲーセンに行くのは流石《さすが》に……。

「やっぱその変装じゃ無理があるだろ」

「そーじゃなくて！……どう、可愛い？」

「は？」

俺が肩を竦《すく》めると、桜咲はムスッと唇を尖《とが》らせる。

「君ってさ、わたしのアンチか何か？」

「興味がないだけなんだが」

「はいはい、そうですかー」

機嫌を損ねたせいか、彼女は俺より少し前を歩き出した。

桜咲の機嫌はどうでもいいのだが、俺には懸念すべき点が一つあった。

それは、このままだと俺が桜咲菜子《なこ》のスキャンダルに巻き込まれるかもしれない、ということだ。

放課後に桜咲と並んで歩いてる時点で、誤解されてもおかしくない。

【桜咲菜子　同級生男子と仲良くデート?!】

【桜咲菜子に熱愛発覚?!】

【噂《うわさ》される猫背の男子は帰宅部の暇人?!】

もしもそんな見出しが出回ることになったら、俺の平穏な日常は壊されて……。

そう考えるだけで、じんわりと冷や汗が浮かんでくる。

こうなったら……。

「まっ、待て桜咲。そこを右だ」

「え、右？　そっちって、駅前のゲーセンに向かう道じゃないよね？」

「……いいから、右だ」

ここは奥の手を使うことにしよう。

高校入学から一ヶ月、部活に入らず暇つぶしに勤《いそ》しんでいた俺は、この高校周辺の暇つぶしスポットをある程度把握している。

「関原くん？」

そんな俺だからこそ、導き出せる炎上回避の策、それは。

「悪いな桜咲。そんな伊達メガネだけで、あの客が多いゲーセンには連れていけない」

「えっ？　ならどこに」

俺は道沿いを右に曲がってすぐの場所で、足を止める。

目の前にあるのはコインランドリーの隣に併設されたボロっちい見た目のゲームセンター。

色褪《いろあ》せた看板に書かれた『ゲームセンター』の文字を見てるだけで、過去にタイムスリップしたかのような錯覚に陥る。

そう、俺たちがやってきたのは駅前の華やかなゲーセンではなく、懐かしさを感じさせる古びたゲーセンだった。

「こ、これがゲーセン？」

「あぁ。ここも立派なゲーセンだ」

「汚っ……。ねぇ君って女子とデートしたことないの？」

「なんだ？　文句があるなら俺は帰るぞ」

「ちょっ。わ、分かったから！　でも、ここに楽しめるゲームとかあるの？」

「何でも食わず嫌いは良くない。このゲーセンなら、平日はほぼ貸し切り状態だし、のんびりやれる。下手に周りを気にしないといけない駅前のゲーセンよりストレスはない」

俺は文句を言う桜咲を宥《なだ》めながら店に入る。

店内のカウンターでは、ゲーセンのご主人が新聞を広げながら、ラジオで地方競馬の実況を聞いている。

「ここのゲーセンはメダルゲームが結構充実してる。それこそ駅前のゲーセンより台数はあるはずだ。あとついでに何台かＵＦＯキャッチャーもあって」

「むぅ……」

「まだ不貞腐《ふてくさ》れてるのか？　あんな駅前の人集《ひとだか》りを二人で歩いて、スキャンダルにでもなったら困るだろ？」

「それは、そうだけど……」

桜咲は物足りなさそうに口を尖らせ、いじけた顔を見せる。

「確かに最新の筐体《きょうたい》はないかもしれないが、楽しいかどうかは自分で見出《みいだ》せばいい。暇つぶしってそういうものだろ？」

「じ、自分で……見出す？」

「騙《だま》されたと思って一回やってみろって」

桜咲はそっか、と呟きながら頷いた。

「分かった。郷に入れば郷に従えだもんね。早速やり方を教えて？　わたしゲーセン初めてなんだし」

「初めて？　流石に一度くらいはあるだろ」

「本当だよ？　小さい頃から子役業で忙しかったし、お休みの日もこういう所には行っちゃダメって親が厳しくて」

なるほど。やけにゲーセンに興味津々だから、そんなことだろうとは思っていたが、親が厳しかったのか。

「でも、アイドルになるのは許してくれたんだよな？」

「えっ、あー、それは……」

「？」

「そんなことより！　ほら、メダルゲームやりたいっ」

「お、おう」

上手《うま》く流された感じもあるが……まあいいか。

メダルゲームをやることになった俺たちは、メダル交換機の前に行く。

「このメダル交換機で10枚百円のメダルを借りる。そしたら、そこら中の筐体で遊んで、上手いことメダルを増やしていけばいい」

俺は説明しながら、交換機のメダル放出口にコップを置いて百円を投入する。

するとメダルがジャラジャラと音を立ててコップの中へ入った。

「これがメダルだ」

「へえー。このメダルって増やすと何か景品とか貰《もら》えるの？」

「貰えない」

「え？　何も利益がないのにこのメダルを集めるの？」

「野暮なことを聞くんじゃない。メダルゲームはロマンの塊なんだ。想像してみろ、ゲームに勝って山のようにメダルが溢《あふ》れてきたら、誰だって興奮するだろ？」

「山のように……」

桜咲はメダルゲームコーナーの中央に聳《そび》え立つ巨大なプッシャーマシンの方を見た。

「わたし、あの中にあるメダルの山……全部取りたい」

「急に強欲になりやがったな」

「閑原くん、わたしアレからやる」

桜咲は10枚手にしたらすぐに中央の巨大なプッシャーマシンの椅子に座る。

いきなりプッシャーか。少し不安だが、結構手前にメダルが詰まってるし、運次第では、いけるかもしれない。

「ねぇこれってどういう仕組みなの？」

「こいつはプッシャーって言う筐体で、さっきのメダルをこの左右にある銀色のスライダーから投入して、奥の方へ放り込むゲームだ。プッシャーって名前の通り、奥に放り込んだメダルが押し出されて、手前にあるメダルが落ちるような仕組みになってる」

「ふーん、簡単そうじゃん。見ててよ閑原《ひまはら》くん、わたしの勇姿を！」


——十分後。


「ううう……なによこれっ」

空のコップを両手に持ち、悔しそうに顔を顰《しか》めながらプッシャーマシンを睨《にら》みつける桜《さく》咲《ざき》。

メダル１枚の投入で１、２枚は稼ぐというなかなかの粘りを見せていたものの、最終的にコップの中は空になっていた。

「……ふっ」

「ちょ、笑うな！」

「オチまでのスピードが二コマ漫画並みの速さだったな」

「うっさい！」

桜咲は頬をぷっくり膨らませて怒ると、首を振り、そのサイドテールをムチのようにして、俺の腕を攻撃してくる。

じ、地味に痛いんだが。

「プッシャーは運とタイミングだから、仕方ないかもな。それに10枚じゃ厳しい」

「だ、だよね？　わたしまだ本気出してないし！　こっからこっから」

桜咲は空のコップを俺に差し出す。

「でも、何枚投入してもなかなかプラスにならないし、この調子じゃメダルを増やすなんて無理なんじゃないの？」

「……いや。一応、手はある」

俺は、桜咲から受け取った空のコップに、追加で購入したメダルを入れてから、壁際にズラッと並べられている筐体の前に来た。

「桜咲、これやってみろよ」

「何これ？　トランプのゲーム？」

「これはブラックジャックの筐体だ」

ブラックジャックは、ディーラーとプレイヤーがトランプのカードを引き合って、カードの数字の合計が21に近い方が勝つトランプゲーム。手札を引きすぎて合計の数字が21を超えてしまったらその時点で負けになるので、かなり駆け引きの要素があるゲームだ。

「実はこのブラックジャックの台、このゲーセンでは〝稼ぎ台〟なんだよ」

「稼ぎ……？って、そんな台があるなら先に言ってよ！」

「だって、お前がプッシャーの方をやる気満々だったから」

「あの山崩したかったんだから仕方ないじゃん！」

「それなら、なおさらこの台で貯《た》めて次にプッシャーで大稼ぎすればいい」

プッシャーで一発当てるにはもっと枚数を増やす必要があるし、それなら周りにある別の台で増やすしかないだろう。

「ところで桜咲はブラックジャックのルール、分かるか？」

「うん。なんとなくだけど、一応お仕事の生配信でやったことあるから」

生配信でブラックジャックとか、今時のアイドルって色んなことやらされるんだな。

「最初は20枚までベットできて、勝てば上乗せしてベットできるようになる。ゲーム内のディーラーに勝てばベットしたメダルの数が倍になって返ってくるからな」

「倍に⁉」

「そうだ。でもその分、負ければベットした数は0になるからリスクも高い」

俺はさっき追加で購入したメダルを投入する。

「つまり、ここからは勝てば倍。負ければ0のハイリスクハイリターン。準備はいいか？」

「し、失敗しても怒らないでね？」

「たかがゲームで怒るかよ。負けて当然くらいの気持ちで気楽にやれって」

俺がそう言うと、桜咲の硬い表情が緩み、自信に満ちた表情に変わった。

「わ、分かった。やってみる！」

桜咲はベット数を5に設定すると、黙々とゲームを始めた。

——十分後。


「ひ、閑原くん……」

「お前……運ゲー強すぎだろ」

桜咲はベット数5から始めて、トントン拍子に枚数を上乗せしていき、連勝で240枚まで来た。

「つ、次勝てば、ほぼ500枚だよ閑原くんっ！」

「え、240枚全部ベットするつもりかよ。ギャンブラーすぎる」

「えへへ」

「褒めてねーよ」

正直、これ以上勝たせてくれると思えないし、そろそろ降りるのが賢明だが……。

こんなテンションの高い桜咲に水を差すのも悪いから黙っておくか？

と思った矢先——。

「「あ」」

喜びも束の間、桜咲は痛恨のブレイク——つまり21を超えてしまい、画面上の【LOS

Ｅ】の文字と共に２４０の数字が０に変わってしまった。

「負……け」

桜咲は完全に燃え尽きていた。

さっきまでの威勢の良さも消えていって、空のカップに目を落とす桜咲。

ったく、見てられねーな……。

「桜咲、ちょっとこれ見ろ」

「これ……？」

俺は、桜咲がブラックジャックに熱中している間にコソコソ用意していた、あるものを差し出す。

「え……？」

「こんなこともあろうかと、お前がブラックジャックしてる間に、隣にあったポーカーのゲームでメダル貯めておいたんだ。だから、今ここに約１００枚のメダルがある」

「これ、やるから」

灰になっていた桜咲に血色が戻ってくる。

「い、いいの？」

「まあどっかで負けると思ってたからな」

「うっ……。理由は腹立つけど、意外と優しいところあんじゃん」

「とにかく、これをプッシャーにぶち込んでこいよ。１００枚入れればなんか起きるだろ」

俺は桜咲に１００枚ほどのメダルが入ったカップを手渡す。

「あ、ありがと、関原くん」

プッシャーマシンは、あと一個ボールを落とせばジャックポットチャンスに繋《つな》がるところまで来ていたので、俺はそのことを端的に説明し、それを聞いた桜咲は頷《うなず》いてゲームを始めた。

「関原くんも座れば？　立ってばかりじゃ疲れるでしょ？」

「分かった、あっちから椅子を持ってく……」

桜咲は左手でメダルを投入しながら、右手で俺の制服の袖を引っ張った。

「隣、空いてるから」

言われるがまま、ギリギリ二人で座れるくらいの横に広いその椅子に、俺と桜咲は並んで座った。

「せっかくだし一緒にやらない？　わたしは左のスライダー担当で、関原くんは右のスライダー」

「お……おう」

並んで座りながらメダルを投入していると、俺の左腕と桜咲の右腕が少し触れる。

プッシャーマシンの中をぼーっと見つめながら、時折彼女の方を見ると、楽しそうに次々とメダルを投入していた。

新しいおもちゃを見つけた子どもみたいに、無邪気な笑顔で目を輝かせている。

「メダルゲーム、思ったより楽しい。って言うか、ハラハラドキドキする」

そりゃギャンブル要素満載だからな。

「それに……こうやって友達と遊ぶのが楽しいって思えたよ？」

桜咲は小さく笑いながら続ける。

「さっきも言ったけどさ、わたし、子どもの頃から毎日忙しくて。友達と一緒に遊んだこととかも全然なかったから、こうやって同い年の子と遊ぶのは、今日が初めてなくらい……」

桜咲は物憂げに話しながら、メダルを入れる手を止めた。

友達と遊んだことがないとか、今日が初めてとか、驚く点はいくつもあるが、口を挟むのが野暮ったく思えたから、俺は黙って彼女の話に耳を傾けた。

「ずっとね、お仕事をすることがわたしが生きる意味だと思ってた。お仕事を頑張ってファンを笑顔にすることは何よりも優先すべきなんだって。でも最近は、あんまり楽しくないなって思うことが多くなってきちゃって。アイドル活動のモチベーションが保てなくなってきたっていうか……」

「そう、だったのか」

世間から注目されて、ステージの上では視線を一斉に集めてグループの顔になる。それはセンターポジションを務める彼女の宿命なのかもしれない。

それに桜咲の場合は、子どもの頃から芸能界にいて、自分の青春《リアル》を削りながらやってきたみたいだし……そりゃいつか嫌にもなるよな。

「だからね、今日はすっごい気晴らしになったし、久しぶりに楽しめた。こんなわたしに付き合ってくれてありがとう。閑原くん」

桜咲は俺の顔を覗《のぞ》き込みながら少し恥ずかしそうにはにかんだ。

作りものじゃない、純粋無垢《むく》なその笑顔。

テレビで見かけた時は全く惹《ひ》かれなかったのに、その時だけは、つい心が奪われそうに——。

『ゴロンッ』

「ん……？　今なんか鈍い音しなかったか？」

プッシャーの中を覗くと、メダルに交ざっていたはずのボールがなくなっている。

「お、おい、まさか」

突如鳴り出したジャックポットチャンスの音楽――それと同時にルーレットが回り出して、最終的に、ルーレットはジャックポットを指し示した。


「「え?!」」


その瞬間、ジャックポットからジャラジャラとメダルが溢《あふ》れ出てくる。

「な、なにこれ、凄《すご》い！　め、メダルが溢れ出てくるよ、閑原《ひまはら》くん！」

「マジ、かよ」

カップには収まらず、俺は小型ケースを持ってきて溢れ出るメダルを入れた。

「もの凄い達成感というか、別にお金でもなんでもないのに……なんなのこれっ！」

「これがメダルゲームの醍醐味《だいごみ》なんだよ」

「でもこれだけのメダル、どうしよっか？　そろそろ帰らないとだし」

「そうだよな……。よし、このメダルは預けておくとしよう」

「預ける？　そんなことできるの？」

「一応可能だ。有効なのは一ヶ月くらいだけどな」

俺はカウンターでメダル預け入れの手続きをしたら桜咲《さくらざき》の元へと戻る。

「桜咲の名前で預けておいたから、次来た時にまたそれで遊ぶといい」

「ひ、関原くん……」

「どした？」

「次もまた、その……」

「？」

「やっぱなんでもない！　もうっ！」

理由は分からないが、桜咲を怒らせてしまったようだ。

「……ん？」

ふと、あるゲームが目に入る。

「なあ桜咲。あのゲームの景品で、欲しいのあるか？」

俺が指差したそのゲームは、ハサミを操作して垂れた紐《ひも》を切って景品を落とすという、俗に言う〝サービス台〟だった。

慣れていればワンコインで落とせるくらいの簡単なものである。

「ど、どうしたの急に」

「いいから」

「……じゃあ、このぬいぐるみ」

桜咲は人気マスコットのクマのぬいぐるみを指差す。

俺はそれを確認するとすぐに百円を入れてゲームを始め、一撃でそれを仕留めた。

「え、すごっ！」

紐が切れて落ちてきたぬいぐるみを取り出すと、そのぬいぐるみを桜咲に手渡す。

ぬいぐるみは、ちょうど桜咲の腕の中に収まった。

「貰《もら》って、いいの？」

「あげるために取ったんだし。何で怒ったのかは知らんが、これで少しは機嫌直せって」

「ご、ごめん心配かけて。別に怒ってなんかなかったんだけど……」

桜咲はぬいぐるみに顔を埋《うず》めながらそう言う。

「ありがと」

☆☆

ゲーセンから出て、駅に到着する頃には既に夕方になっていた。

桜咲と俺の乗る電車は逆方向なので、駅のホームで別れることになった。

駅には俺たちと同じ高校の制服を着た学生も多く、俺たちは少し距離を保ちながら改札を潜《くぐ》って、ホームまで出てきた。

「今日はわたしのワガママ聞いてくれてありがと。関原くんが楽しそうに放課後を過ごしてた理由が分かった気がする」

桜咲はさっき取ったぬいぐるみが気に入ったのか、大事そうにそれを抱えながら、ホームのベンチに座った。

俺は他人のフリをしながら、桜咲とは反対側の椅子に、背中合わせで座る。

「別の方向を向いて会話なんて、スパイ映画のワンシーンみたいだね」

「俺は炎上したくないだけだ」

「関原くんは心配性だなぁ。意外と小心者だったり？」

「ストレスフリーな帰宅部の時点で小心者みたいなもんだろ。文句あるか？」

桜咲は後ろで笑っていた。

いちいち癪《しゃく》に障るアイドルさんだこと。

「俺みたいな暇人と違って、桜咲は仕事とかで忙しいんだし、疲れた時には息抜きでゲーセンとかに行けばいい。疲れたら休む、それを繰り返せば少しは嫌なことも減ると思うからさ……頑張れよ」

自分でも柄にもないことを言っているのは自覚していたが、これでもう桜咲と話すこともないだろうから、餞別《せんべつ》のつもりで言った。

電車が到着したので、俺は今にも開こうとする電車のドアの方へと歩き出す。

「閑原くんっ」

桜咲は右腕でぬいぐるみを抱きながら、もう一方の手で俺の制服を引っ張った。

「な、なんだ？」

「良ければ、なんだけど……lime の連絡先交換しない？」

「lime……？　七海沢《ななみさわ》のコードを教えればいいのか？」

「君のに決まってるじゃん！　どうしてそこで七海沢さんが出てくるの?!」

「女友達が欲しいのかと」

「違うから！」

「ならどうしたんだ？　急に」

「……えっと、わたし、君の暇つぶしに興味があるから」

「興味ぃ？」

「暇人の君がどんなことしてるのか、もっと知りたいから！　だから、交換っ！」

……どうやら現役ＪＫアイドルさんは暇人の生態観察に興味があるようだ。

俺は一本後の電車に乗ることにして、スマホを開くと自分のアカウントのＱＲコードを出した。

「よし、登録完了っ」

するとと今度は桜咲の電車が到着する。

「帰ったらlimeしてもいい？」

「それって了承を得る必要あるか？」

「い、一応！」

桜咲は再び両手で大切そうにぬいぐるみを抱きしめると、電車のドアへ向かった。

「じゃあね閑原くん。また明日《あした》」

桜咲は電車に乗り込み、そのまま帰っていった。

現役ＪＫアイドルさんは忙しい。

でも、一つ分かったのは、彼女は確かにアイドルだけど、同い年の普通の女の子だった。

また明日……か。

もうあんな神経すり減らしながらアイドルと歩くのは御免なんだが。

☆☆

もうちょっと長くいたかったなぁ……ゲームセンター。

家に帰ってきたわたしは、制服から部屋着に着替えながら想《おも》いに耽《ふけ》る。

そして、閑原くんに取ってもらったクマさんのぬいぐるみを抱いてベッドに寝転がった。

「プレゼント……」

幼少期から仕事の関係で多忙な日々を送っていたわたしは、誰かのお誕生日パーティーにも、クリスマスパーティーにも呼ばれたことがない。

そんなわたしにとってこのクマさんは、友達から貰った初めてのプレゼント。

それも――男の子から貰った初めてのプレゼント……。

「関原航《こう》くん……不思議な男の子だったなぁ」

最初は冷たくあしらっていたのに、距離が縮まると凄い優しくしてくれる。

それに最後には――。

『疲れたら休む、それを繰り返せば少しは嫌なことも減ると思うから……頑張れよ』

関原くんのこの一言に、救われた気がする。

「昨日、ゲームセンターでたまたま見かけたのが、関原くんで良かった……」

わたしは昨日、レッスンをサボって駅前のゲーセンに足を踏み入れていた。

子役の頃からお稽古やレッスンをサボったことなんて一度もなかったけど、つい魔が差してしまったわたしは、駅のホームではなく駅前のゲーセンで足を止めてしまったのだ。

最近、アイドルの自分が何のために頑張って、何を成し遂げたいのかもよく分からなくなっていて、さらに、リアルの自分は友達ができない、話し相手もいないという孤独に陥り、苦しんでいた。

アイドルの自分とリアルの自分が乖離《かいり》していくような気がして……いつしかわたしは、

そのストレスの捌《は》け口《ぐち》をずっと探していた。

サボりの罪悪感を抱えながらも、わたしは現実逃避をするようにゲームセンターに入る。

騒音にも似たゲーム音が其処彼処《そこかしこ》で鳴り響く店内。

どのゲームが面白いのか、全く知識のないわたしは、自責の念に駆られながらも手当たり次第にアーケードゲームにお金を入れて、プレイする。

でも……。


「これ、何が楽しいんだろう」


目の前のゲームに楽しさを見出《みいだ》せずにいると、近くのプリクラ機の中から四人組の派手な容姿の女子高生が出てきて、印刷されたプリクラ写真を見ながら大声で笑っていた。

「うっわ盛りすぎたー！　顎めっちゃごぼうじゃんこれー！」

「うちも～。マジウケるっ」

「ね、次アレやらねー？」

「やるやる～」

友達……いいなぁ。

一人虚《むな》しく遊ぶゲーセンは何の盛り上がりもなくて、話しかけたり対戦したりする相手もいない。

……ここは、独り者のわたしが来るような場所じゃ、なかったんだ。

やっぱり、レッスンに行こう。電車に乗り遅れたって言えば、許してくれると思うし。

やっていたゲームに背を向け、出口に向かって歩き出したその時――。

「……ここだな」

出口付近の筐体《きょうたい》の前に、わたしと同じ高校の制服を着ている男子生徒を見かけた。

あれ？　あの人……多分同じクラスの男子だ。

窓際の席でいつも気怠《けだる》そうに眠たい目をしてる男子で、名前は確か――閑原《ひまはら》くん？

周辺を見渡しても彼の友人らしき影はない。

彼もわたしと同じく一人だったが、わたしと違ってやけにゲームに集中していた。

わたしは近くにあったＵＦＯキャッチャーの筐体の陰に身を潜めながら、興味本位で彼の動向を見つめる。

閑原くんがやってるあのゲーム、一人でもあんなに没頭できるものなのかな？

どうしてあんなに一人でも楽しそうなんだろう……。

気になる……。

その瞬間からわたしは、彼に興味を持った。

それで今日、たまたま彼が職員室に呼び出されたのを校内放送で聞いたわたしは、日直の仕事で職員室に行って、彼と話す機会を窺《うかが》っていたけど、お説教が長くなりそうだったから、つい口を挟んでしまった。

お説教に割り込んで、波を立てちゃったみたいだし、関原くんには悪いことしちゃったかな……。

その件に関しては反省してるけど、関原くんからゲーセンの遊び方を教わることに成功したし、楽しかったから結果オーライだよね？

「そうだ！　お母さんに〝あれ〟はなかったことにしてもらわないとっ！」

わたしは関原くんから貰《もら》ったぬいぐるみを抱きながら、キッチンにいるお母さんに今日のことを話しに行くのだった。

第二章　現役ＪＫアイドルさんは暇人をもっと知りたい。

週末になると、決まって牛丼を食べたい衝動に駆られる。

見た目は薄っぺらいのに主張の激しい牛肉と、食欲をそそる香ばしい汁。さらに、味が染み込んだ玉ねぎ、アクセントを加える紅生姜《べにしょうが》が堪《たま》らない。

海軍がカレーなら、暇人は牛丼を食べることで曜日感覚を養っていると言っても過言ではない。だから俺は、金曜日になるとあえて昼食を軽めにして、空腹を放課後の牛丼のスパイスにするのだ。

そして今日は金曜日。放課後、いつも通り駅前の牛丼屋へ向かっていたのだが……。


「そこの君っ。ちょっといいかな？」


腹を鳴らしながら牛丼屋に向かっていると、突然俺の目の前に現れた、見覚えのある背格好の女子。

小柄ながら溢《あふ》れ出る芸能人オーラと、明るい髪色のサイドテールに赤縁メガネ。

全身ジャージ姿という点を除けば、誰なのか一瞬で分かるのだが……。

「お前……桜咲《さくらざき》、だよな」

「あ、やっぱり分かっちゃう？」

桜咲はメガネを上にズラすと、いたずらっ子みたいな無邪気な笑顔を見せた。

「今日は仕事だったんじゃないのか？　高校休んでただろ？」

「うん、次の公演の準備とかで忙しくてさー」

「へー、それは大変だな」

頭の中が牛丼でいっぱいで、適当に返事をすると、桜咲は怪訝《けげん》そうな顔になる。

「なんで興味なさそうなの！」

「そりゃそうだろ。別に俺はお前のファンじゃないし」

「……このばか！」

「お前よりは頭良いつもりだが」

「0点取って怒られてたくせに！」

イラッとしたが、今は牛丼屋に行くことが最優先なので、俺は桜咲を無視して歩き出そうとする。

「ちょっと待ってよ！」

「なんで待つ必要があるんだ。お前は忙しいんだろ？」

「そっ……それは」

「多忙なアイドルの桜咲菜子《なこ》さんが、どうしてこんな所で油を売ってるんだ？」

「し、仕事が早く終わったから、暇つぶしにこの前のゲーセンまで行こうかなー？って思ったら、たまたま君を見かけたっていうか……」

桜咲はモジモジしながら言うと、少し顎を下げて上目遣いでこっちを見てくる。

「えっと、その……良かったらまた、一緒に暇つぶし、どうかな？　今日はちゃんと変装してるから、周りの目は気にしなくても大丈夫だと思うけど」

「……ほんとにそれ、変装なのか？　実はそれが私服だったり」

「はぁ?!　そんなわけないじゃん！」

「意外と干物系アイドルでした、みたいな」

「そ、そんなこと言うならわたし、もう帰っちゃうよっ！」

「あ、そうなのか。じゃあまた来週——」

「引き留めてよ！」

凄《すご》い剣幕で迫ってきた桜咲によって、俺は無理矢理止められた。

面倒くさがりの俺にこんな面倒な絡み方をしてくるとは。

俺は背中と腹がくっつきそうなほど空腹のまま、曲がり角にある牛丼屋の看板の赤い光に目を奪われる。

早く牛丼食べたいんだが……。

「それで？　関原くんはどこ行くつもりだったの？　わたしもたまたま暇だから、ついて行ってあげる！」

流石《さすが》にアイドルを牛丼屋に連れて行くわけにもいかないが……かと言って、洒落《しゃれ》たカフェにするのもな……この空腹は牛丼で満たしたいし。

「関原くん、まさか遠慮とかしてる？　わたしがいるから、今から行く所に連れて行けないとか、思ってたり？」

「うっ」

確かにそう思ったけど……。

「わたしは君の暇つぶしってのに興味があるの。だから気遣いとか不要だから」

「えぇ……」

「それで、どこ行くつもりだったの？」

「……分かった。じゃあついてこい」

俺は桜咲を連れて牛丼屋の前まで歩く。

駅の南口から少し歩いた先の飲屋街の一角にある牛丼屋の『すこ家』。

牛丼チェーンの中でも『すこ家』は俺の大のお気に入りだ。

「俺が行きたかったのは、ここだ」

「え？」

「金曜はガツンと行きたくてな」

「ガツン?!　い、一体ここで！　何するつもりなの関原くん！」

「何って、すぐ食べて帰るつもりだったんだが？」

「食べる?!　あ、あわわわ。もしかしなくてもわたしを？」

「は？　さっきから何を言って……」

俺は彼女の視線の先を確認する。

桜咲は牛丼屋の隣にある――ちょっとアレな休憩所の方を見つめて赤面していた。

「おい思春期アイドル。俺が言ってるのはこっちだ」

俺は手のひらを広げて、桜咲の頭をネジみたいに捻《ひね》り牛丼屋の方に向けた。

「……は、え？」

「今日は牛丼屋に来たんだ。普通に考えたら分かるだろ」

「……あ、あっ！　え、えと」

「変な妄想しやがって。清純派のＪＫアイドルさんも、ちゃんと思春期真《ま》っ只中《ただなか》なんだな？」

と、揶揄《からか》うと、

「……今のは忘れて」

「え？」

「わ・す・れ・ろ！」

命令口調の桜咲に、もの凄い圧をかけられた。

☆☆

「お好きな席へどーぞー！」

エプロンを着けた明るい声の店員に促され、俺と桜咲は店の奥にあるテーブル席に向かい合うようにして座った。

平日の夕方前ということもあり、仕事帰りのサラリーマンが一人、カウンター席で食べているくらいで、かなり空《す》いている。

現役ＪＫアイドルと牛丼屋――字面からして訳が分からん。

「ふーん、関原くんはすこ家に行きたかったのかぁ」

「毎週金曜日は、いつも食べに来るんだよ。悪いか？」

「べっつにー？」

隣にあるラブリーな休憩所の件で俺に揶揄われたのを根に持っているのか、すね気味の返事をする桜咲。

っったく、まだ怒ってんのか？

桜咲はグルッと店内を見渡すと、物珍しそうに色々なものに興味を示していた。

それから突然、何かを思い出したように目を見開く。

「そうだ！　ねぇ閑原《ひまはら》くん、少し耳をすませてみてよ」

「耳？　どうして」

「ほら、シッ。今から流れるから」

言われた通り耳をすませると……。


『――すこ家とラズホイがコラボ！　ということで、本日から一週間、すこ家の店内放送を担当しますっ、ラズベリー・ホイップの桜咲菜子ですっ』


こってりとした牛丼屋には似つかわしくない、フレッシュで透明感のある声が、店内に流れる。

その店内放送を聞いた後に桜咲の方を見ると、お手本のようなドヤ顔で鼻息を荒くしながらこちらを見ていた。

……う、ウザい。

「どおどお？　わたし、すこ家の店内放送もやってるんだよー？」

　言いながら増長する桜咲。

「そもそもお前って、すこ屋には来たことあるのか？」

「え、ないけど」

　ないのかよ。

「すこ家に来たことないのに、偉そうにすこ家について語ってるのか？」

「む、むぅ……っ。しょうがないでしょ！　お店でご飯食べるの、親に禁止されてるし」

「禁止って……。家族で外食とかしないのか？」

「うん。給食とかやむを得ない事情がない限りは、お母さんのご飯しか食べちゃいけないっていう家の決まりがあって」

　どんな決まりだよ、それ。

　そういやゲーセンの時も親が厳しいとか言ってたような……。

「でもお母さんの料理凄い美味《おい》しいんだよ？　わたしも教えてもらってるんだー」

「へえ……」

　桜咲のお母さんは、よっぽど自分の腕に自信があるみたいだな。

　話聞いてるだけでも桜咲の家《うち》って立派なお家柄っぽいし、きっと毎日高級なものばっか食ってるんだろうな……。

「ねー閑原くん、おすすめは？」

桜咲がメニューを開きながら聞いてくる。

「おすすめ、か。そうだな……シンプルな味を楽しむのも良いと思うし、豊富なトッピングを楽しむのもありだと思うが……初めてなら、やっぱシンプルに牛丼の並とかでいいんじゃないか？」

「並？　何それ」

「そこからなのかよ。あのな、牛丼は普通のサイズを並盛りって言って、並盛りを基本として大盛り、特盛って感じで量が増えていく。ほらメニューのここにも書いてあるだろ？」

俺はメニューの該当ページを探して、桜咲に開いて見せる。

メニューにはどんぶりのマークを用いて、並盛りから順にサイズの違いを表にしてあった。

「へぇ、並盛りに大盛り、特盛、ギガ……ってあれ？　王様盛りはないの？」

「なんで裏メニューには詳しいんだよ」

「前に観《み》た大食い動画でチャレンジしてる人がいたから」

なるほど、動画配信者のチャレンジ動画を観て知ってたのか。

少し前まで、その手の大食い動画が流行《はや》ってたもんな……。

「説明しておくが、王様盛りって言うのは、すこ家の裏メニューで、肉が並の六杯分あるんだ。とても普通の人が食べ切れる量じゃ」

「ねぇっ！　二人でそれ食べようよっ！」

は？　桜咲《さくらざき》は一体何を言っているんだ？

「お、おい、人の話聞いてたか？　それは常人が食べ切れるような量じゃ」

店員を呼ぶオーダーコールが鳴り響く。

「ご注文をどうぞー」

「牛丼の王様盛り一つ。以上で」

「かしこまりましたー」

俺がツッコむ隙を与えないくらい流れるように注文を済ませる桜咲。

「楽しみだね？」

「いくらなんでも強引すぎるだろっ！」

☆☆

「お待たせしましたー」

本当に来てしまった……牛丼の王様盛り。

ご飯は並の三倍、肉は六倍の最大サイズ。

山のように敷き詰められた玉ねぎと牛肉。秘伝の汁が食欲をそそるが、空腹だってのに見るだけで胃もたれしそうな見た目をしてやがる。

牛丼には違いないし、旨《うま》そうだがこの量は……流石に。

「はい、関原くん。取り皿だよ」

桜咲から差し出された小さなお碗《わん》を受け取る。

「美味しそー。いただきまーす」

「おいおい大丈夫なのか?」

「関原くんは半分からそっち食べてねー」

「そういうことじゃない!」

桜咲は割り箸を手に持って山のような牛丼を食べ始めた。

マイペースにも程があるだろ。

まぁ、残ったとしても最悪持ち帰りすれ、ば……?!

「何ボーッとしてるの関原くん?」

あれ――おかしい、反対側の山がどんどん山から坂くらいの量になっていく。

「早く食べないと——その牛丼消えるよ？」


なん、だと。

まだ食べ始めてものの数分なのに、反対側の山がほぼなくなっていた。

「何これめっちゃおいし～！」

幸せそうに食べる桜咲。彼女の方にあった牛丼の山は、既に消えていた。

桜咲の小柄な身体《からだ》のどこに、それだけの牛丼が入るのか不思議でならない。

「な、なんかこうやって一つのものを二人で食べてるとカップルみたいだね？　なんて」

誰がこの状況を見て悠長にカップルとか思うんだよ。

こちとら驚愕《きょうがく》しているのだが。

「お、お前、大食いってこと隠してたな？」

「隠してないよ？　わたしプロフィールにも『食べることが好き』って書いてるし」

「その次元じゃないだろこれは……」

ものの六分ほどで半分を食べ切った桜咲。

「関原くん、ゆっくりでいいからねー」

こんなに大食いなのに、痩せ形なのが謎だ。

常に動き回ってる彼女にとって、食はそれだけ必要なものかもしれないが。

桜咲は頬杖《ほおづえ》をつきながら俺の方をじろじろと見てくる。

見られながら食べるのは、ちょっと……緊張するな。

「やっぱり、関原くん、面白いよ」

「……なにがだよ」

「なにがって。ゲーセンで暇つぶししたり、週末は牛丼屋に寄ったりとか……ちょっと変わってるし」

シンプルにバカにされた。

「関原くんってさ、放課後はこんなにいきいきとしてるのに、学校は楽しくなさそう」

「楽しくない？」

「うん、関原くんが笑ってるところとか、見たことないし」

笑う……？

そういえば、学校だとあまり笑わないかもしれない。

それに、高校が楽しいかどうかなんて、考えたこともなかった。

「学校が楽しいとか楽しくないとか……特に感じないな」

「……ならさ、せめて来週の文化祭は楽しまない？」

「文化祭？」

そういえば来週は文化祭だったな。

俺の高校では、入りたての一年生は店や展示を開かなくても良いので実感がなかったが、上級生は放課後も居残りで準備をしていた。

「良かったらだけど、文化祭、わたしと一緒に回ってくれないかなって。先約がいるなら、全然断ってくれて大丈夫なんだけど」

遠慮気味に言う桜咲。

桜咲はクラスであんな感じだし、他に回る友達がいないのだろう。

それにアイドルだから、一人で回るのが何かと心配なのかもな。

「別に構わないぞ」

「ほ、本当に?!」

「元々、文化祭は退屈だから演劇ステージの観客席で寝る予定だったからな。ボディガードくらいなら引き受けるよ」

「ボディガード？　ま、まあなんでもいいや。関原くんは文化祭で何食べたい？　たこ焼き？　それともかき氷かな？」

「今は目の前の牛丼食べるので精一杯だから別の食べ物の名前出すのやめろ」

桜咲が食べ終わってから十分以上かかったが、王様盛りをなんとか完食した。

☆☆

文化祭。この高校では毎年五月末に行われる、学生たちのための宴《うたげ》——なんだが、文化祭なんて結局、一部の陽キャのためにあるような祭りであって、俺みたいな部活に所属していない人間にとっては退屈な一日でしかない。それでも参加するのは、休めば欠席扱いになるからだ。

そんな文化祭に全く興味がない俺のスケジュールは、空調の効いた室内演劇ブースの観客席でダラダラすること——だったのだが、どこぞのＪＫアイドルさんと、文化祭を一緒に回る約束をしたことで、その計画は崩れた……はずだった。

——文化祭当日。

「あぁロミオ。なんであなたは」

耳に響くジュリエット（男子）の野太い声。

文化祭を桜咲と回る予定だった俺は、結局演劇ブースでうたた寝をこいていた。

昨晩、桜咲から送られてきた lime には、今日の文化祭に行けない旨が書かれていた。

公演が近いって言ってたし、急に仕事が入るのも仕方がないのだろう。

毎日と言ってもいいくらい、桜咲から文化祭について lime が送られてきて、文化祭で食べたいものとか、どのクラスが何をやるのかも、桜咲は熟知していた。

それだけ桜咲は今日の文化祭を楽しみにしていたのに……。

と、まあこのような経緯で、桜咲と一緒に回る約束がおじゃんになり、結局暇人になった俺は、演劇ブースでやってる男しか出演してないむさ苦しいロミジュリに眠気を誘われ、目蓋が段々と重くなってくる。

寝ると……するか……。

完全に意識が落ちようとした瞬間に、ちょうどロミジュリが終わり、次の劇のアナウンスによって睡魔は撃退された。

『次の演目は、演劇部の【星になる少女】です』

聞いたことのない演目だな……オリジナルか？

「次の劇、恋川《れんかわ》美優《みゆ》が出るんだってさ」

隣の席の男子二人組が何か話している。

「恋川って、ご当地アイドルの？」

「そうそう」

ご当地アイドルって、地域活性化のために活動するアイドル、だっけか？

その恋川って女子は、わざわざ見に来るくらい有名なのか？

「わたしは星――あの空から降ってきた星」

壇上に、胸元がはだけた衣装を着た女子が現れる。

妙に色気のある目つきと小さな顔。さらに金色のロングヘアが印象的で、豊満な胸元を強調した古代ローマ風の衣装は、露出度の高いものになっている。

こいつが恋川、なのか？　ご当地アイドルだかなんだか知らないが……あざといな。

彼女は演劇部の部員なのだろうか？

見ているのも痛々しくなった俺は、目を閉じて、演劇が終わるとすぐにブースから退出した。

☆☆

外に出ると、人が多くて暑苦しい。

コスプレした生徒や高校見学に来た中学生などの人混みに酔い始めた俺が安寧の地を求めて歩き回っていると、突然スマホに通知が入る。

lime……？　桜咲からか。

『桜咲：仕事が早く終わりそうだから午後から文化祭行けるかも！』

スマホ越しに桜咲《さくらざき》が微笑《ほほえ》んでいる様子が目に浮かぶ。

大食いの桜咲のことだから、きっと仕事場から腹を空《す》かせて来るんだろう。

いつ来られるのか分からないし、来た時に完売してるかもしれないから、ここは暇人の俺が一肌脱いでやろう。

俺は桜咲が lime で行きたいと言っていた店を一通り回ることにした。

もう昼だったこともあり、所々完売していたが、ある程度買って自分の教室に戻ってきた。

ほとんどの生徒が室外にある出店や外のライブブースに足を運んでいる中、教室にいたのは俺と同じように出席のためだけに文化祭に来た捻《ひね》くれ生徒たちのみで、各々読書や勉強をしていた。

当の俺も違和感なくその陰キャ集団の中に溶け込み、机に突っ伏して眠る。

桜咲には lime で『教室にいる』って言っておいたし、桜咲が来るまで寝てるとしよう。

そう思って俺が寝ようとしたら、突如後頭部に痛みが走る。

「ってえ……」

「こーうっ。何寝ようとしてんの？」

七海《ななみ》沢《さわ》が右手に手刀を作ってこちらを見ている。

「せっかく人が寝ようとしてたのに、邪魔すんなよ」

「年に一度の文化祭なのに寝ないの。あれ？　何その買い物袋？」

七海沢は俺が机の横にぶら下げていた買い物袋を見つけると手を伸ばす。

「凄《すご》い量……」

「こっ、これは、だな」

「もう見て回ったの？　何に対しても無気力な航《こう》にしては珍しいね」

「これは……俺の昼飯だ」

「昼飯？　でも航、朝のＨＲの前に学食で昼食用のパン買ってたよね？　文化祭が始まると学食が混むから先に買ってたんじゃなかったの？」

こいつ……今日は無駄に鋭いな。

「ぱ、パンはもう午前中に食べたっていうか。これは午後用に買ったんだよ」

「運動部みたいなこと言ってる」

「帰宅部だって腹は減るんだよ！」

「……ふーん。変なの」

口が裂けても桜咲のことは言えない。

それにしてもなかなか苦しい言い訳だったな。

七海沢はしっくり来てない様子で俺の前の席をこちらに向けて座った。

「そう言うお前はバレー部の人と回るんじゃなかったのか？」

「み、みんな午後からは、彼氏と回るって」

「………可哀想《かわいそう》に」

「同情すんな！　航だって、一緒に回る彼女の一人もいないくせに！」

一緒に回るアイドルならいたんだが。

俺は窓の外へ視線を移し、校舎から文化祭の賑《にぎ》わいを見下ろした。

懇ろな関係の男女たちが、食べさせ合ったり手を繋《つな》いだりして、乳繰り合っている。

「せっかく知り合いのいない高校に入ったんだし、航も新しい人間関係築きなよ。中学までは友達とか……仲のいい女の子もいたじゃん」

「別に一人でもいい。一人の方が気楽だ」

「そんなんだから、まだあたししか話し相手いないんじゃないの？」

「それは………感謝してる」

「全く。正直者なのか捻くれ者なのか分かんないよ」

七海沢はため息を吐《つ》きながら肩をすくめる。

俺と七海沢はただの幼馴染《おさななじみ》でも、友達でも、男女の関係でもない。

例えるなら、姉と弟のような関係が一番適切だろうか。

事故で両親を失い、俺が一人になったあの日から、七海沢は俺を一人にしなかった。

ウザいくらいに俺のことを心配してくれて、支えてくれた。

俺が不良にならずに真っ当な道を歩めているのは、間違いなく七海沢のおかげだ。だから感謝の気持ちに嘘《うそ》をつけない。

「七海沢の方こそ、高校生になったら彼氏を作るんじゃなかったのか？」

「当たり前じゃん！　そのためにキツい練習がある強豪校の推薦蹴って、中堅くらいのこの高校の推薦にしたんだし。一生で三年しかない高校生活を楽しめなかったら絶対損だからねー」

一生で三年……桜咲も同じ気持ちだから楽しいことを探していたのだろうか。

「……彼氏、早くできるといいな。俺に手伝えることはほぼないが、応援してる」

「あたしも航に好きな子ができたら全力で応援してあげる。あ、バレー部の子紹介しようか？」

「要らねーよ。俺は彼女とか……もう作んねーし」

否定すると、七海沢は気まずそうに舌で唇を濡《ぬ》らした。

「あーあ。暇になっちゃったなぁ」

「勉強でもすれば良いんじゃないのか？」

「えぇ?!　こんな時まで？」

「やることないんだろ？」

「うーん、それもそうか」

七海沢は自分の席から数学の教科書と問題集を持ってくる。

「じゃあ俺はお休みー」

「寝るなって！」

机に突っ伏そうとした俺の頭を、七海沢は鷲掴《わしづか》みする。

流石《さすが》バレー部。

「どうせ暇なら勉強教えてよ。航があたしに恩返しできるのなんて、これくらいしかないんだし」

「……はぁ」

文化祭の賑わいの側《そば》で、俺と七海沢はいつも通り勉強会を開くのだった。

☆☆

夕日が教室を赤く染める。

文化祭は終わった。

午後から行けるかもと言っていた桜咲だが、結局——文化祭には間に合わなかった。

「あたし、今日も普通に部活あるから」

「おう。頑張ってな」

さっきまで一緒に勉強をしていた七海沢はスポーツバッグを抱えると立ち上がった。

「あ、そうだ航！」

「ん、どした？」

「来週の土曜日、バレーの大会あるから絶対に観《み》に来てっ」

「……あぁ、観に行くよ」

「あたしのスパイクで航の眠たい目、覚ましてやるから！」

七海沢はそう言い残すと足早に教室を後にした。

来週の土曜日か。

俺はスマホのカレンダーに書き込むついでにlimeを開く。

新着通知は来てなかった。

「桜咲……」

文化祭が終わり、先程までの賑わいや雑踏が、運動部の掛け声に変わる。

俺は一人になった教室で彼女を待った。

帰っても良かったが、買った食べ物を消費し切れる自信がなかったから、来るかもしれない桜咲を待った。

段々と眠気が迫ってきた頃合いで、さっきまで閑散としていた廊下から足音が聞こえ、その足音が止まった瞬間に、荒々しく教室の引き戸が開け放たれる。

「ご、ごめん！　閑原《ひまはら》くん！　わたし、その、間に合わなくて！　今着いたんだけどっ」

息を切らし、乱れた前髪を整える余裕もないくらいに桜咲は焦っていた。

「ほんとうにごめん！」

教室に入ってきて早々、謝罪をする桜咲。

どうやら俺が怒っているのだと勘違いしている様子だった。

俺はそんな気の短い人間に見えるのだろうか。

「……えっと、閑原くん？」

俺は机の横に掛けておいた買い物袋を手に取ると、桜咲に差し出す。

「ほらこれ」

「え……？」

「lime でお前が楽しみにしてたやつ、全部ここにあるから」

俺は出店の食べ物が大量に詰まった買い物袋を桜咲に手渡した。

「わたしのために買っておいてくれたの？」

「食べたかったんだろ？」

「——っ」

ぽつぽつと、桜咲のまん丸な瞳から大粒の涙が溢《あふ》れる。

「お、おい。泣くなって」

「だ、だってぇ。わたし、ひまはらくんがおこってるとおもったし！　いっじょにまわれなくて、かなしぐで！」

「泣くのか喋《しゃべ》るのかどっちかにしろ、何言ってんのか分からん」

桜咲はいつもの芸能人オーラが消えるくらい、子どもみたいに顔をくしゃくしゃにして、泣きじゃくった。

焦りからの安堵《あんど》。まだ心の整理ができていないって感じか。

「こんな所で話してて誰かに見つかったら面倒だな……とりあえず屋上にでも行くか」

「う、うん」

☆☆

階段と屋上を繋ぐ鉄製のドアを開けると、外から強い風が入ってくる。

隣にいた桜咲のサイドテールが風に揺れ、持っていた買い物袋も音を立てた。

「屋上、誰もいないね」

夕方五時、誰もいない閑静な屋上。

爆《は》ぜた水ヨーヨーの残骸が落ちていることから察するに、屋上ではヨーヨー釣りをやっていたのだろう。

「ここに座ろっか」

フェンスの前にある座れるくらいの段差に俺と桜咲《さくらざき》は並んで座った。

散々泣いてスッキリしたからか、桜咲はすっかり笑顔を取り戻していた。

「さてと、何から食べよっかなー」

「もう冷めてるし、家に帰ってから温めて食えばいいだろ」

「……せっかくだし二人で食べたいじゃん」

二人で……ま、まあ、一個一個の食レポを lime で送られてくるよりはマシか。

「はい閑原くん。あーんっ」

桜咲はたこ焼きの入ったフードパックを開けると、たこ焼きを爪楊枝《つまようじ》で刺して、こちらに差し出してくる。

「はっ、恥ずかしいことするなよ」

「だって爪楊枝一本しか入ってないし……遠慮しなくていいよ、ほらっ」

無理矢理俺の口元に運んでくるので、仕方なくそれに応じた。

「……んっ」

「どう？」

このたこ焼き、冷めてるから少し硬いな……。

俺が微妙な顔でたこ焼きを食べていたからか、桜咲はまたしょげた顔になる。

「今日は本当にごめんね。午後から行けるとか言ったのに、結局こんな時間になっちゃって」

「……っ」

「全然気にしてないし、もう謝るのはやめろ。そんなことより——仕事お疲れ様」

慰めるつもりで言ったのだが、桜咲は再び顔を俯《うつむ》かせる。

「桜咲？」

「……っ、ひまはら……ぐん！」

「お、おいおい、もう泣くなって」

「だってぇぇ」

バカみたいにお人好《ひとよ》しで、正直者で、周りから一目置かれてるくせに、友達がいない。

色々空回りしてる桜咲だけど、それでも折れずに頑張れるのはやっぱ偉いと思う。

夕日を背に、たこ焼きには目をくれずに泣きじゃくる桜咲。

俺はその横で冷めているたこ焼きを眺めるしかなかった。

☆☆

家に帰るなりベッドへ身体《からだ》を投げると、速攻で睡魔に襲われた。

文化祭で何かやったわけでもないのに眠気が凄《すご》い……。

当初の予定では、あのど下手な演劇を子守唄にして、客席でぐっすり寝てやろうと思ってたのに、あのご当地アイドルとやらに邪魔されて、今度は教室で寝ようと思ったら七海《ななみ》沢《さわ》に邪魔される始末。今日は昼寝をする時間が全く確保できなかったのだ。

「ふう、やっと寝られる」

と思った矢先――ポケット中のスマホが振動し、着信が入ったことを知らせる。

あれ……？　この着信音は七海沢でも道子《みちこ》さんでもないな。

俺が電話するのは七海沢か、叔母の道子さんの二人だけなこともあり二種類の着信音に分けているが、今の着信音はどちらでもなかった。

俺のスマホに知らない人から着信が入ることは稀《まれ》であり、迷惑電話かと思って確認するとlime電話の着信だった。

それも電話してきたのは――桜咲菜子《なこ》。

「げ……なんで桜咲が」

まだお互いに帰ってきたばかりだと思うが……何かあったのか？

寝転んでいた俺は身体を起こしてすぐに電話を折り返す。

『もしもし関原くん？　ごめんね、まだ帰ってなかった？』

「今帰ってきたところで、疲れたから少し寝ようと思ってたんだが」

『なら大丈夫だね』

桜咲はそう呟《つぶや》くと、何やらゴソゴソと音を立てる。

なにやってんだ？

しばらくすると音が消え、スマホに桜咲の顔が――――って!?

『うん、ちゃんとビデオ通話になったね』

「なったね、じゃねーよっ」

『関原くんもカメラオンにしてよー』

「嫌に決まってんだろ」

『えー？　ま、いいや』

桜咲は上半身が映るようにスマホを固定する。

『関原くんに買ってもらった食べ物、屋上で全部食べ切れなかったでしょ？』

そういえばそうだったな。

桜咲は泣いてばかりで、たこ焼きは食べ切ったが、他のものを食べる元気をなくしていた。

残りは家で食べると言っていたが……。

『今から食べるし、見せてあげよっかなー？　と思って。あ、この部屋着お気に入りなんだ～。どうかな？　見えてる？』

ピンク地でフリルとレースがあしらわれたワンピースを着ている桜咲。いつものサイドテールを解《ほど》いて流した髪型も新鮮で、学校にいる時より少しだけ大人っぽく映る。

「……ま、前々から思ってたんだけど、桜咲ってご令嬢か何かなのか？」

『別にそんなのじゃ――』

その時、桜咲の方からコンコンッとドアをノックする音が聞こえた。

『菜子、入るぞ』

『ヤバッ、お父さんだ』

どうやら桜咲のお父さんが部屋に入ってきたようだ。

突然の親フラに焦った桜咲は一度カメラをオフにしたものの、

『ど、どうしたのお父さん？』

カメラを切るのに必死で、ミュートにするのを忘れていた。

桜咲とお父さんの会話がこちらに筒抜けになっている。

何やってんだよ、あいつ。

『マネージャーさんから連絡があってな。お前がやけに焦りながら帰ったから、心配しているらしい。何かあったのか？』

事情を訊《たず》ねるお父さん。

これ、説教とかが始まる流れか……？

もしそうなら、桜咲の名誉のためにも電話は切ってあげた方が良いかもしれな——。

『友達と！　文化祭、一緒に回ろうって約束してて。それなのにわたしが約束破っちゃったから、謝るために急いでて……』

桜咲……。

親の前でも嘘偽《うそいつわ》りなく、全て正直に話す桜咲。

『そうか——』

親子の会話を盗み聞きするなんて良くないことだが……でも、この件で桜咲が説教されるのは違う。

もし桜咲が叱咤《しった》されるというなら、俺の口からお父さんに弁明を——。

『しかし、お前にもちゃんと友達がいるようで安心した。友達は一生物だ、大切にしなさい』

お父さんは諭すようにそう言った。

な、なんだ……聞いてたより優しそうなお父さんじゃないか。

親が厳しいとか言ってたから、すぐに怒鳴る感じの親を想像していたが……聞き分けの良いお父さんだな。

『あ、そうだお父さん！　友達が文化祭の出店で買ってくれたものを食べないといけないから、お母さんにわたしの晩御飯はいいって言っておいて？』

『お、おいおい、それでは私がお前の分も〝アレ〟を食べる羽目になるんだが』

『え？　お母さんの料理ならいつも美味《おい》しい美味しいって言って食べてるじゃん。良かったね、お父さん？』

『お、おお……』

なんかお父さんの様子がおかしいな……。

会話が終わるとドアの閉まる音がして、桜咲の足音が近づいてくる。

『あ、やばっ、ミュートにしておくの忘れてた』

その声と同時にカメラがオンになり、桜咲のぱっちりとした大きな目がどアップで映る。

『やーやー、お待たせ閑原《ひまはら》くん』

「ミュートにするの忘れてたぞ？」

『焦っててさ。それより、今から焼きそばとチーズ餃子《ギョーザ》食べるよー？』

桜咲は固定していたスマホを外して手に持つと、机の上に置かれた焼きそばとチーズ餃子の方にカメラを向けた。

『どう？』

「……普通に美味《うま》そうだな」

桜咲《さくらざき》は再び自分の上半身くらいまでが映るように、正面にスマホを固定すると、割り箸を使って焼きそばを食べ始める。

『じゃあ、いただきまーす』

「…………」

『ん～っ、おいし～』

「……これ、お前が飯テロしたいだけだろ」

『そんなことないよ！　ほら、関原くん見えるー？』

箸で焼きそばの麺を持ち上げながらカメラに向かってウインクする桜咲。

「喧嘩《けんか》売ってんのか？」

『もぉ、怒んないでよ関原くん』

桜咲が焼きそばを食べる様子をひたすら見せつけられる。

『このカメラスタンドね、いつもお部屋配信とかで使ってるんだー』

「へー」

『でも今は、関原くんだけが見られる独占配信～なんちゃって』

「悪いけどそれ、俺に需要ないぞ」

『ひっど！　そんなこと言うならもう切っちゃうよ！』

「そうか、お休み桜咲。それ食べたら早く寝ろよ」

『まままっ！』

引き留めようとカメラに手を伸ばす桜咲。

『ひ、関原くんもカメラオンにしてよ！　お部屋とか見せて？』

「ええ……」

俺が嫌そうにしていると、これ見よがしに大口で焼きそばを食べる桜咲。

『カメラ付けないと、こうやって飯テロするよ？』

「さっきからしてるだろ」

『おいし〜』

「……わ、分かった、ちょっと待ってろ」

『やったー』

俺の部屋なんぞ見ても何の得にもならないと思うが……。

俺は渋々カメラをオンにして部屋の方に向けると、グルッと一周して見せた。

『へー。関原くんの部屋何にもないね〜』

「悪かったな」

『男の子の部屋って、なんかこう、ロックバンドのポスターとかギターとかあるんじゃないの？』

「知識が偏りすぎだろ。何を見て言ってんだか」

ってか、俺のどこにロックな要素があるというのか。

『ねね、ロックで思ったんだけど、関原くんって普段はどんな音楽聞くの？』

「どんな、と言われてもな……」

音楽か……普段からあまり聞かないんだよな。

『あー？　実はわたしの曲聞いてたりしてー』

「そっか。桜咲ってアイドルだから歌うのか」

『そっか、じゃないよ！　わたしグループで一番歌上手《うま》いんだよ？』

「へー」

『また興味のなさそうな返事ぃ……。関原くんってアイドルの曲聞かないの？』

「アイドルとか関係なく、そもそも音楽を聞かないって言うか」

『ふーん……関原くんって変わってるね』

「どうせ変わり者の暇人だよ俺は」

自嘲しながら言うと、桜咲が『あははっ』と笑う。

失礼極まりないなこいつ。

その後も、俺はメシを食べる様子を見せつけられ、桜咲はあっという間に完食した。

『ごちそうさまでした』

「どれが一番美味かった？」

『そーだねー、一番はやきそばかな？　あ、でも冷めてなければたこ焼きだったかも。一番楽しみだったし』

「へー。桜咲ってたこ焼き好きなのか？」

『うん！　昔からお母さんの作るたこ焼きが大好きでー、お母さん、小麦粉の中に隠し味のスペシャルブレンドを入れるの！』

「隠し味のスペシャルブレンド？」

『わたしも自分のお弁当作る時にスペシャルブレンドよく使ってるんだー。また機会があったら閑原くんにも食べさせてあげるね？』

「お、おう……」

スペシャルブレンドってやつがよく分からないが、桜咲の料理か……。

ん、料理……？

「あっ！」

『どしたの閑原くん？』

俺は時計を確認する。

もうすぐ夜の七時になりそうだった。

「すまん桜咲、もう晩飯の準備しないと」

『関原くんがお料理作るの？』

「おう、色々と事情があってな。急にごめんな」

『……そっか』

物足りなそうに返事をする桜咲。

「落ち込んだ声出すなよ、今生の別れでもあるまいし。またいつでも電話してくればいい」

『用事なくてもいい？』

「あぁ。だから今日はもう切るぞ」

『あ、ちょっと待って関原くん』

桜咲は電話を切ろうとする俺を呼び止めた。

『おやすみ、関原くん』

「お……おう。おやすみ、桜咲」

そして俺は電話を切った。

桜咲のウザさと騒がしさがなくなり、部屋がシーンと静まり返る。

「――さてと、晩飯の準備するか」

第三章　現役ＪＫアイドルさんは散歩がしたい。

楽しかった文化祭が終わり、その興奮が冷めやらぬまま普通の学校生活に戻る。

あたし、七海沢《ななみさわ》詩乃《しの》も文化祭の翌日から、朝練のために早起きをした。

来週末のインターハイ予選は、絶対に負けられない。

洗面台で顔を洗い、鏡に映る自分の顔を一心に見つめる。

「……頑張れ、あたし」

朝支度を全て終わらせ、制服を着てから家を出た。

始発の電車に乗りながら、航《こう》から貰《もら》った英語の単語帳をめくる。

文化祭でも勉強したんだし、テストは大丈夫なはず。

高校の最寄り駅に到着するとショルダーバッグの中に単語帳をしまって、電車を降りる。

朝一番で高校に飛び込むと、職員室へ向かう担任の姿を見かけた。

「先生！　おはようございます！」

「おお七海沢。ちょうど良かった」

「？」

「お前、美化委員だろ？　今日の昼休みに第二会議室へ行くように」

「わ、分かりました」

あぁ、そういえばあたし美化委員だったっけ。

入学したばかりの頃、クラスで委員会決めをした時に割り振られたと思うけど、それ以降、活動とかなかったから忘れてた。

今日はバレー部のミーティングもないと思うし、大丈夫だとは思うけど……美化委員ってあたし以外にも、もう一人いたはず……？

「先生、もう一人の美化委員って誰ですか？」

「桜咲だ」

さ、桜咲ちゃんか……あんまり話したことないんだよねぇ。

「あっ、そんなことより朝練っ！」

あたしは足早に体育館へと向かった。


——昼休み。

今日は航に勉強を教えてもらう約束をなしにして、昼休みになったら第二会議室に足を運ぶ。

会議室には既に各クラスの面々が集まっていて、あたしは立て札を見て回り、自分のクラスの席を見つけた……はずなんだけど。

あたしの席には知らない男子生徒が座っており、もう一人の美化委員である桜咲ちゃんに絡んでいた。

「ねーねー桜咲さんさぁ、ここにサインちょうだいよ」

「……あの、そういうのはダメで」

「いーじゃん別に。チャチャッと書くだけでいいからさぁ。俺ファンなんだよ、マジで。転売とかしねーからさぁ」

見るからにガラの悪い男子生徒。髪も金色に染めてるし、その態度からして、不良に思える。

周りの生徒も心配そうに見ているが、誰も助けようとはしていない。

この高校、一応進学校だけどその分グレる生徒も多いってバレー部の先輩から聞いたことあるから、この人もその一人か……。

「チッ、さっきからなんなんだよ。アイドルなんだから愛想良くさっさと書けって言ってんだろ！」

声を荒らげたガラの悪い男子は、ペンを握った右腕を思いっきり振り上げる。

「――いい加減にしなよ」

あたしは咄嗟《とっさ》にその右腕を摑《つか》んでいた。

「あ？　お前、誰だよ」

「やめな。困ってんじゃん」

あたしが睨《にら》みを利かせると、ガラの悪い生徒は舌打ちして、しらけた、と捨て台詞《ぜりふ》を吐き会議室から出ていった。

「…………」

桜咲《さくらざき》ちゃんは唇を噛《か》み締めながら黙って俯《うつむ》いていた。

「桜咲ちゃん、大丈夫？」

「助けてくれてありがとう、七海沢さん」

「……あんなやつ、すぐに追っ払えばいいじゃん。芸能人なんだからもっと、ほら！　護身術とか身につけた方がいいんじゃない？」

「う、うん……」

「…………」

「…………」

そこは「余計なお世話～」くらいのノリで返して欲しかったんだけど……真に受けちゃったかな。

前々から思ってたけど、桜咲ちゃんって摑みどころのない子なんだよね。

現役ＪＫアイドルの桜咲菜子《なこ》。

あたしのクラスでは間違いなく一番可愛《かわい》い顔をしてるし、身体《からだ》は小さいけど可憐《かれん》な見た目をしていて、周りの目を惹《ひ》きつける存在感がある。あと、いい匂いもするし。

それなのに――周りは彼女を避けるのだ。

前にクラスの男子にその理由を訊《たず》ねたことがあったが、男子が言うには、「下手に芸能人に手を出すと火傷《やけど》するから」だそうだ。

桜咲菜子は別の次元を生きてるから近づけない、アイドルは〝商品〟だから近づいてはいけないない、そんな同調圧力がクラスに蔓延《はびこ》っている。

あたし自身もどう接したらいいのか悩んでいた。

「はーい、美化委員会始めまーす。起立」

委員会が始まると、黒板の前に立つ委員長から議題が伝えられる。

議題は、文化祭後のゴミについて。

校庭などに文化祭で出たゴミが落ちたままになっているらしく、今日から一週間、交代で放課後の美化活動を行うことが決まった。

あたしたち二人は、早速今日から放課後に美化活動をするように言われる。

「桜咲ちゃん、今日の放課後、仕事とか大丈夫？」

「うん。大丈夫」

「なら放課後、一緒に行こうね」

こうして二人で美化活動をすることになった。

☆☆

放課後、あたしと桜咲ちゃんは大きめのゴミ袋を持ちながら、貸し出された軍手を着けて校内を歩く。

こうして歩いてるだけで視線を集めてるし、桜咲ちゃんってやっぱり人気アイドルなんだなー。

でもその割には、ゴミ拾いもしっかりやってるし、アイドルだからと言って驕《おご》っているわけでも横柄でもない。

そんな桜咲ちゃんだからこそ、あたしは一つ疑問に思うことがあった。

「桜咲ちゃんってさ、普段からこんなに視線集めるのに、何でこの高校選んだの？」

「……ごめん、通信とかにすれば良かったよね」

「違っ！　そういう嫌味ったらしい意味じゃなくて」

「え？」

「心配っていうか。桜咲ちゃんみたいなアイドルからしたら野次馬の声が鬱陶しくないのかなって思って。委員会の時みたいに変なやつに絡まれるかもしれないし、マイナスなことの方が大きいと思うんだけど」

桜咲ちゃんはそれを聞いて少し考え込むと、ゆっくり喋《しゃべ》りだした。

「……わたしは、普通の生活をしてみたかったというか」

「普通の？」

「一生に一度の高校生活を無駄にしたくなくて……通信じゃ、経験できないことばかりだし」

桜咲ちゃんは苦笑しながらそう言ってしゃがみ込むと、庭木の下に落ちてたプラスチックごみをゴミ袋に入れる。

「やっぱダメ、かな。こんな理由」

「そんなことない！　立派な理由じゃん！　あたしも同じだもんっ」

「七海沢さんも？」

「あたしらがＪＫでいられるのも三年しかないんだし、楽しまないと損だよね？」

「……うんっ！」

眩《まぶ》しいくらいの笑顔が向けられる。

こ、これが、アイドルスマイル……っ。

同性のあたしでも心拍数が上がるくらいだし、男子にこんな笑顔が向けられたら瞬殺なんじゃ……。

「七海沢さんにね、一つ聞きたいことがあって」

「詩乃でいーよ」

「えっ……じゃあ、し、詩乃ちゃん」

「うんうん」

「詩乃ちゃんって……同じクラスの閑原《ひまはら》くんと、付き合ってるの？」

「は？　航？」

急に航の名前が出てきて、あたしは呆気《あっけ》にとられる。

「いつも、仲良さそうに勉強教え合ってるから……そうなのかなって」

教え合う、というより航から一方的に教えてもらってるんだけど……。

「えーっと、あたしと航は幼馴染《おさななじみ》っていうか、別に恋人とかじゃないよ？」

「そうなの？」

「そそ。航は生まれた時から家が近所で、一緒に育ったようなものだから、恋愛感情とか湧いたことないし。なんつーか弟？　みたいなもんだから……にしても、なんであたしと航？」

「え⁉　そ、それは」

「ん？」

「やけに距離が近いなーって思って。それにクラスの人たちが噂《うわさ》してるのも聞いて。七海沢さんが彼氏作らないのは閑原くんと陰で付き合ってるからって」

航《こう》と付き合っている、みたいな勘違いされるのは初めてじゃない。

あたしと航が異性ということもあり、昔からよく一緒にいるせいで冷やかされたりしたことは多々あった。

あたしと航って、そう見えるのかな？

まだ――そう見えちゃってるのかな。

「詩乃《しの》ちゃん？　大丈夫？」

あたしが難しい顔をしていると、桜咲ちゃんが心配そうに顔を覗《のぞ》き込んできた。

「だ、大丈夫大丈夫！　それより、さっさと仕事終わらせちゃおっか、菜子ちゃんっ？」

「菜子……」

「あ、ごめん嫌だった？」

「ううん。嬉《うれ》しかったの。ありがと、詩乃ちゃん……」

やばい、めっちゃ可愛い……。

こんなに良い子を避けてるとか、クラスのやつら絶対大損こいてるでしょ……。

「クラスの……？　そうだっ」

「詩乃ちゃん？」

「あたし、良いこと思いついちゃった～」

☆☆

文化祭の翌週。

ただでさえ月曜は憂鬱だってのに、七海沢《ななみさわ》からlimeで『今日も昼休み勉強会！』と連絡があり、俺はさらに億劫《おっくう》な気持ちになる。

昼休みに学食でパンを買ってから教室へ帰ってくると、俺の席には――。

「あ、航やっと来たー」

「……関原、くん」

七海沢と桜咲が俺の机を囲むように椅子を持ち寄って座っていた。

「おい、これはどういう了見だ？」

「こちらは言わずと知れたアイドルの桜咲菜子ちゃん。あたしが勉強会に誘ったの」

「……桜咲、菜子です」

七海沢の前だからか、ナチュラルに初対面のフリをする桜咲。

気まずそうにチラチラと目を逸《そ》らしている。

「はぁ……。七海沢のお節介が発動したってところか？」

「いーじゃん。菜子ちゃんも今週末の補講で小テストがあるみたいだし教えてあげて？」

「よ、よろしくお願いしますっ」

初対面のフリを続ける桜咲。

この際、俺たちのことを七海沢に話した方がいいかもしれないが……どうしたものか。

「それにさ、あたしと航が二人で馴《な》れ合ってると一部のクラスメイトが勘違いしてるみたいでー。三人なら誤解も解けるし、あたしと菜子ちゃんの勉強も捗《はかど》るし、Ｗｉｎ－Ｗｉｎじゃん！」

こいつ……アイドルの桜咲を加えたら、なおさら俺がクラスのやつらから疎まれるとは思わなかったのかよ。

まあ、周りから何か言われても勉強教えてるだけって言えばいいか……。

俺は自分の席に座ると二人の勉強を見ることになった。

桜咲はさっきから落ち着きのない様子で俺の方を見てくる。

教科書の方に集中しろ、と目で訴えると、ふんっと唇を尖《とが》らせて勉強を始めた。

「七海沢、そこはマイナスじゃなくてプラスだ。いつまでそんな中学生みたいな初歩的なケアレスミスを」

「ん？　それ、あたしのプリントじゃないよ？」

「え……」

名前を書く欄がなかったので気づかなかったが、よく見たらこの筆跡は七海沢のものじゃないな……じゃあ、このプリントは。

俺が桜咲《さくらざき》の方を見ると、桜咲は目をぱちくりさせながら膨れっ面でこっちを見ていた。

「さ……桜咲って、頭悪いんだな」

「仕方ないじゃん！　毎日忙しいんだし！」

「まさかこの高校も裏口入学……」

「してないから！」

　無意識のうちにいつものような言い合いをしてしまい、俺はハッと気づいて、七海沢の方を見ると、案の定七海沢は不思議そうにこっちを見ていた。

「なんか二人、初対面にしては仲良いね？」


「「え」」


　まずいな。七海沢の前なのに、いつもの感じで話しちまった。

「な、七海沢、これは」

「し、してないですよー、裏口入学」

「おい、今はその話してないだろ。やっぱバカなんじゃないか？」

「はあ?!」

またしても俺たちが初対面とは思えない会話をしてしまい、七海沢の顔がさらに険しくなる。

し、仕方ない。七海沢には話しておくか。

「七海沢、実は――」

俺が端的に桜咲と面識があることを説明すると、七海沢は驚くというより、ニヤついた顔で桜咲の方を見る。

「へぇ……だから菜子《なこ》ちゃんはこの前あんなこと聞いてきたんだー？」

「あんなこと？」

「実はねー」

「い、言っちゃダメ！」

桜咲は顔を真っ赤にして七海沢の口を両手で塞ぐ。

こいつら……知らない間に仲良くなってるな。

「航も菜子ちゃんと友達だったなら言ってくれればいいのに」

「言えるわけねーだろ。こんなこと」

「菜子ちゃんもあんな回りくどい聞き方しなくても良かったのに～」

「もー、詩乃ちゃんやめてよ！」

「お前ら、戯れてないで勉強しろ」

よく分からないが、いつの間にか七海沢と桜咲は仲良くなっていたようだった。

☆☆

週末の土曜日。

本来なら休日だけど、仕事の都合で高校を休むことが多いわたしは、欠席が多い生徒のために開かれる補講に参加するため高校に来ていた。

補講にはわたしと同じように芸能活動などで事情がある生徒や、あまり学校に顔を出せない生徒たちが参加していた。

一人一人指定されたプリントをこなし、最後にテストを行って習熟度を測り、一定の点数を取れたら帰ってもいいという仕組み。

勉強会で関原くんからたくさん教えてもらったし、頑張ればすぐに終わる。

自信に満ち溢《あふ》れていたわたしだったが、本来なら一日中自由行動できたはずなのに補講のせいでゆっくりできないので、若干苛立《いらだ》っていた。

あー、早く終わらせて帰りたいなぁ。

時折休憩を入れながらも、午前中は出されたプリントをこなすことで精一杯だった。

午後になると、やっと課題のプリントが終わり、テストにも無事合格することができた。

「疲れた～」

変装用の伊達《だて》メガネをかけながら、肩を落として校舎を出る。

「はあ……。早くおうちに帰って部屋でのんびりしよっか──っな？」

その時わたしは、自分の目を疑った。

前を歩く男子生徒が、関原くんに見えたのだ。

おかしいな。彼は帰宅部なんだから休日に高校にいるわけないのに。

自分の目を擦《こす》って、さらに目を凝らす。

あれ……って、やっぱり。

校門に向かって歩く見覚えのある背中。

間違いない。猫背で、気だるそうなその背中は……。

「ふふっ」

これって、補講を頑張ったわたしへのご褒美なのかな？

今日ばかりは補講に感謝したい。


「関原くんっ！」

☆☆

張り詰めた空気の体育館。

七海沢に言われて試合を観戦しに来た俺は、体育館の二階でその試合を固唾を呑《の》んで見ていた。

負けたら終わりのインターハイ予選。

一つのミスも許されない緊張感のある場面でも、七海沢は躍動していた。

その長身を活《い》かした高い打点のスパイクと、迫力のあるジャンプサーブで敵を圧倒し、入部したばかりの一年生とは思えないくらいの大活躍を見せる。

「「「ナイサーッ！」」」

チームメイトから声が上がり、ガッツポーズする七海沢。

試合はそのままワンサイドゲームで進み、結果は圧勝だった。

「「「ありがとうございましたー！」」」

選手たちが二階で観戦している保護者たちの方に挨拶する。

チームメイトと会話していた七海沢は二階で立ち見していた俺を見つけると、こっちへ向けてピースした。

俺はそれに手を振って応える。

そうだ、あれを渡しに行かないと。

七海沢を追いかけるようにして階段を下りると、七海沢は体育館の出口付近で同じバレー部の生徒と話していた。

「あ、航《こう》！」

七海沢は俺に気づくとこっちに向かって大袈裟《おおげさ》に手を振る。

試合が終わったばかりだからか、やけに興奮した様子だった。

「おやおや̶？　彼がななみんの彼ピ？」

「ち、違うからっ！」

七海沢は否定しながら顔の前で手を振る。

「じゃ、彼ピとごゆっくり～」

「だから違うって」

七海沢の友達は、俺の方にウインクすると、小走りで会場の方へ行ってしまった。

「邪魔しちゃったか？」

「そんなことないよ。あの子恋愛脳だからいつもあんな感じで揶揄《からか》ってくんの」

七海沢は呆《あき》れ顔《がお》でそう言いながら、約束通り来てくれてありがと、と言って白い歯を見せた。

「圧勝だったな？」

「そりゃあたしがいるんだもん。負けるわけないし」

「相変わらず自信家だな、お前」

「当たり前っ。それより航はもう帰っちゃうの？　他の高校のも見てく？　可愛《かわい》い子結構いるよー？」

「そんな下心はないっての」

俺は肩に掛けたトートバッグの中から白い弁当箱を取り出した。

「いつも通り、弁当作ってきたんだよ」

中学の頃から、七海沢《ななみさわ》の試合がある度に、俺が七海沢の分も弁当を作り、一緒に弁当を食べながら試合の話をするのが習慣となっていた。

「ありがとう航！……あ、でも」

「ん？」

「ごめん！　今日はうちが大会の会場だから仕事が多くてさ。お昼はゼリー飲料で済ませるつもりで！」

方々の高校が集まってるみたいだし、会場校の部員は大変だよな。

「本当にごめん！　先に lime しとけば良かったよね？」

「気にすんなって。これは道子《みちこ》さんに届けに行くから大丈夫だ」

「そっか……。いつもありがとね、航。また今度食べさせて」

「りょーかい」

俺は七海沢と別れて体育館を出た。

さてと、弁当渡すためにも道子さんの会社に寄ってから帰るか。

俺は体育館を後にして、校門へ向かおうとしていた……のだが。

ダダダダダッという効果音の騒々しい足音が近づいてくる。


「閑原《ひまはら》くんっ！」


突然真後ろから俺を呼ぶ声がして、振り向くと、そこには桜咲がいた。

赤縁メガネにいつものサイドテールで、制服姿の桜咲。

「なんで土曜なのに学校にいるんだ？　もしかして平日と間違えて登校してきたとか」

「そんなミスしないから！　またすぐそうやってわたしのこと、バカにしてー！」

桜咲は頬をぷっくり膨らませて怒っていた。桜咲は表情が豊かで面白い。

「じゃあ、なんで学校に来てるんだ？」

「今日は補講だったの。勉強会の時に話したでしょ？　わたし欠席多いから出ないといけなくて」

あぁ、そういえばそんなこと言ってたような。

「閑原くんこそ、なんで学校にいるの？」

「俺は七海沢の応援に来てたんだ。今日体育館で女子バレー部が大会やってて」

「そうなの?!　わたしも応援行きたかったなー」

七海沢から聞いてなかったのか……?

いや、七海沢のことだから桜咲《さくらざき》を補講に集中させるため、あえて試合のことは伏せていたのだろう。

「そういや桜咲は今日オフなのか?」

「うん、今日は一日オフだよっ。今週は平日にお仕事が多かったら、休日にお休み貰《もら》えたんだー」

「へぇ、それなのに補講ってのは残念だったな?」

「うん……でも、仕事とはいえ学校休んじゃってるのも確かだし、勉強はしっかりしないとね」

こういう桜咲の何事にも真面目に取り組む姿勢は素直に凄《すご》いと思う。

俺みたいな脱力モンスターには逆立ちしても真似《まね》できない。

「ねえ、関原くん。この後って暇だよね?」

「暇……だけど」

「じゃあさ、どっか遊びに行こ?」

「えぇ……」

「暇なんでしょ？　すぐに面倒くさがらないっ！」

桜咲は俺の制服の袖を引っ張って前を歩き出す。

日に日に桜咲の強引さに磨きがかかっているような……。実に厄介だ。

「今日はどこ行く？」

「どこ行く、と言われてもな……桜咲は、行きたい所とか、ないのか？」

「わたし？　えっとねぇ、遊園地っ！」

「行けるわけないだろ」

「えぇ?!」

「その伊達メガネだけの変装で行ってバレたらどうするんだ？　もし俺まで炎上したら責任取ってくれるのかよ？」

「……うん、その時は……末長くよろしくね？　閑原くん」

「責任の取り方が火に油すぎるっ。俺がファンに刺されるのも時間の問題か……？」

そろそろ遺書を残すことも考える必要がありそうだ。

「もー！　休日なんてどこ行っても人混みばっかりなんだし、仕方ないじゃん！」

「それは、確かにそうだが……」

この近くで休日でもできるだけ人が少ない場所……。

思い当たる場所が一つあった。

「よし、あそこにするか」

「へ？　あそこ？」

「電車で一駅の場所なんだが、それでもいいか？」

「またどっか連れてってくれるの?!」

「あぁ。でもあんまり期待しないでくれ」

☆☆

「ここって……っ！」

「不忍池《しのばずのいけ》だ」

上野公園内にある不忍池。

お馴染《なじ》みのスワンボート、蓮《はす》、周りには動物園など、ここは池を中心として見所の多いスポットが混在している。

「連日仕事で疲れてるだろ？　だから今日くらいゆっくり散歩でもどうかなって」

「お散歩したい！……んだけど」

「けど、なんだ？」

「その前にわたし、お腹空《なかす》いちゃったー。えへへ」

桜咲は照れながら自分の腹部を撫《な》でる。

「昼メシまだだったのか？」

「うん、補講が終わったらお家《うち》に帰って食べるつもりだったから」

「……そうか、ならちょうどいいものがある」

俺はトートバッグから二人分の弁当を取り出す。

「弁当作ってきたんだが、食べるか？」

「へ？　お弁当?!」

「一つは七海沢に渡すつもりだったんだが、忙しいらしくてな。俺の手作りでもいいか？」

「食べるっ！」

食い気味に返事をしてくる桜咲。よっぽど腹が減ってるんだな。

不忍池周辺にある木陰のベンチに二人で座り、池を眺めながら昼食を取ることにした。

ここはすぐ側《そば》の上野駅の喧騒《けんそう》とは比べ物にならないくらいに静穏で、弁当を食べながらでも眠気に襲われそうだ。

隣に座る桜咲は、無心で弁当にがっついている。

「関原くんってさ、何気にスペック高いところ見せつけてくるよね？　このお弁当だって、わたしのお母さんが作るおかずより美味《おい》しいものばっかりだし……」

「そうか？」

「ミートソースパスタにグラタン、卵焼きにタコさんウインナーもあるし……。スペシャルブレンドを入れなくてもこんなに美味しいなんて」

「ま、前から気になってたんだが……そのスペシャルブレンドって何なんだ？」

「それは内緒っ。スペシャルブレンドはわたしとお母さんの秘密の粉なんだもん」

こ、粉……？

まさかやばい粉じゃないよな……？

余計にそのスペシャルブレンドが気になってしまう。

「関原くんは誰にお料理教わったの？　お母さん？」

「料理は叔母から教わった」

「叔母様？」

「あぁ。俺、叔母と二人暮らししてるんだよ。五才の時に事故で両親を亡くしてからずっとな」

「そう……ご両親が……なんか、ごめん」

「気にすんなって。もう昔の話だ」

俺はベンチから立ち上がって、晴れた空を見上げる。

「親が亡くなって、俺を引き取ってくれた叔母と暮らすようになってから、家事を手伝うようになって、その時に料理を覚えたんだ。ま、今では家事全般は俺の担当になってるんだけどな」

「……関原くんは立派だね。勉強もできて、お料理もできて、色んな遊びも知ってるし……天国のご両親も喜んでると思う」

「……桜咲」

「まあちょっとだけ捻《ひね》くれてるけど」

「捻くれてるは余計だ」

「だって本当だもーん」

桜咲はそう言って再び弁当を食べ始めた。

「関原くんがお料理上手なのは分かったけど、わたしだって美味しいの作れるよ？」

「口では何とでも言えるよな」

「本当だもん！」

桜咲はプンスカ怒りながらも、忙《せわ》しなく箸を動かした。

口には出さないが、気に入ってくれて嬉《うれ》しい気持ちもある。

「なら今度食べさせてくれよ、お前の料理」

「いいよっ。昇天するくらい美味しいの作ってあげる」

「昇天?!」

☆☆

弁当を食べ終えたら、池の周りを散歩することにした。

美しい青々とした木々を見上げながら、たわいのない会話をして歩く。

この不忍池はいつものんびりとした雰囲気があって、休日の真っ昼間でも池の周りを走るランナーや、桜咲のことなんて絶対に知らないであろうご老人しかいない。

「少し暑くなってきたね？」

桜咲はサイドテールを束ねていたシュシュを外し、髪を後ろに流した。

広がった髪から甘くフルーティーな香りがする。

「関原くんは、縛ってるわたしと流してるわたし、どっちが好き？」

俺は、目を奪われていた。

ストレートの艶やかな髪が、陽光と重なって神々しく輝く。

「ねぇ？　聞いてる？」

「あ、えっと……なんだ？　飯か？」

「もお！　ご飯の話はしてないから！　いつもの髪型とこの髪型、どっちの髪型がいいかって聞いてるのっ」

「あ、あぁ、俺はどっちでも」

「どっちでもはなし！　閑原《ひまはら》くんが好きな方答えて！」

　好きな方と言われてもな……。

　いつもの髪型はちょっぴり子どもっぽくて桜咲らしいが、こっちの髪型は……その、無駄に大人っぽくて色気があるというか。

「……し、強いて言えば、その髪型の方が、いいと思う」

「ふーん」

「な、なんだよ」

「別にー？」

　桜咲はツーンとそっぽを向くと、早歩きになって俺の前を行く。

「おい、待てよ」

　俺も早歩きで追いかけると、桜咲は急に足を止めた。

「あのね閑原くん。一つだけお願いがあるんだけど？」

「なんだ？」

「次のライブが終わって、もう少し落ち着いたら動物園に行きたい、な……？」

　おねだりする子どもみたいに上目遣いであざとく頼んでくる桜咲。

「動物園って、すぐそこにある？」

「うんっ。パンダさん見たい！」

〝子どもみたい〟じゃなくてただのお子様だな。

それにしても動物園……か。

人が多いのが懸念点ではあるが、ライブが終わってから息抜きが何もないってのも流石《さすが》に可哀想《かわいそう》に思える。

「……わ、分かった。動物園だな」

「いいの⁉」

「行きたいんだろ？　その代わり、しっかり変装してくれよ？」

「うんっ。とびっきり可愛《かわい》い変装してくるからっ」

と、自信満々な顔で言う桜咲《さくらざき》。

目立つのがダメって分からないのか、こいつは。

まあ普段からこんな安っぽい赤縁メガネだけで身バレしてないし、大丈夫か？

「あっそうだ閑原くん。写真撮ってもいい？」

「写真……？」

桜咲はスマホを取り出しながら俺の右腕を摑《つか》み、内カメラで桜咲と俺をスマホの画面に映し出す。

「お、おいっ！」

「はい撮るよー」

自撮りのツーショット。

笑顔で写る桜咲とは対照的に、慌て顔で撮られた俺。

「あははっ！　関原くん情けない顔してるー」

「おい、消せっ」

「やだもーん」

「ったく、お前なぁ……」

桜咲には振り回されっぱなしだ。

スマホを見ながらニヤニヤしていた桜咲だが、スマホから顔を上げると今度は池の中央に目を凝らした。

「池の中に何か建物があるけどあれは？」

「辯才天《べんざいてん》を祀《まつ》ってる不忍池辯天堂《しのばずのいけべんてんどう》だ」

青磁色の屋根と八角形のお堂は、池を見渡せば必ず目に飛び込んでくる。

「金運のご利益があるらしいが……辨才天だから芸能と音楽の守り神でもあるよな」

「それわたしにピッタリじゃん！　行こっ！」

「金運の方に興味があるだけなんじゃないのか？」

「違うし！　関原くんの方こそ、お金のことしか考えてないじゃないのー？」

「当たり前だろ」

「よ、欲望に忠実……」

　桜咲と一緒に辯天堂に繋《つな》がる橋を渡る。

　まずは左にある手水舎《ちょうずや》で手と口を清め、お堂の前にある香炉ではお線香を焚《た》いて心と身体《からだ》を清める。

　本堂の紅白の色合いも、縁起が良さそうだし、パワースポットと言われてるから前から行きたいと思っていた。

　本堂で参拝を済ませた俺の後で、桜咲も静かにお賽銭《さいせん》を入れると両手を合わせる。

「ライブの成功のため、どうかお力添えを……」

　普段は子どもっぽい桜咲だが、参拝の礼儀作法もしっかりしていたし、家柄の良さが出ていた。

「慣れた様子だったが、参拝とかよくするのか？」

「まあねー。もしかしてわたしがあたふたすると思った？」

「普通に感心した」

「ふ、ふーん。関原くんって褒めることできたんだー？」

　そう言って桜咲は俺のことを皮肉る。

「ちなみに関原くんは何をお願いしたの？　金運アップ？」

「……ま、そんなところだな」

本当は——桜咲のライブの成功を願っておいた。

七海沢《ななみさわ》や桜咲のように、頑張ってるやつの努力が報われる世界であって欲しいと思ってる……まあ、そんなこと暇人の俺が偉そうに言えた口ではないが。

参拝の後は近くでやってたフリーマーケットに寄ったり、ベンチにいた野良猫と戯れたりしてのんびり過ごし、夕方前くらいに俺たちは上野駅まで戻ってきた。

「今日は色々とありがとね」

「少しは気分転換になったか？」

「うん！　一週間の疲れが吹き飛んじゃった」

「……なら良かった」

話していると、俺が乗る電車が先に来た。

「じゃあ、またな。桜咲」

「待って、関原くん」

「ん？」

「帰ったら——また電話してもいい？」

「別にいいけど、長電話はしないからな」

「うん！　じゃ、また後でね関原くんっ」

上野駅のホームで俺と桜咲は別れた。

帰ってからまた電話って、桜咲はまだ話し足りなかったのか？

用があるなら別れる前に話してくれれば良かったのにな。

俺は桜咲と反対の電車に乗り、家へ帰るのだった。

☆☆

日曜日。

朝からグータラ部屋でゴロゴロしていたら、スマホに七海沢から電話がかかってきた。

『祝勝会するから上野駅へ十一時集合』

「は？」

『また後でね～』

電話が切れる。

「はぁ……」

七海沢といい桜咲といい、俺の周りは自由人しかいないのか……？

俺はベッドから起き上がり、クローゼットから取り出した外着をベッドの上に広げる。

「十一時に集合ってことは、あと五分でここ出ないと間に合わないな……あと五分?!」

俺は急いで黒のデニムを穿《は》いて白のプルパーカーを着て外に出た。

近くの駅から電車に乗ると、十一時前に上野へ到着する。

まだ待ち合わせ場所に七海沢がいなかったので、駅前のコンビニで立ち読みしていると、ちょうどコンビニの前を七海沢が通り過ぎるのが見えた。

……やっと来たな。

俺は七海沢の後をつけるようにして、集合場所へ向かう。

七海沢は黒のキャップを被《かぶ》り、青と白のスポーティなウィンドブレーカーを着て黒のハーフパンツを穿いていた。

ビッグシルエットの服装だから胸の大きさも隠れており、髪を流してなかったら男と見間違えられてもおかしくない。

「ん？　あのリュック……」

七海沢が背負っているリュックがやけに膨らんでいる。そのことから俺はあることを察した。

「はぁ……。嫌な予感しかしない」

そのままの流れで、待ち合わせ場所に後から到着すると、俺に気づいた七海沢が人差し指を突き立てて駅の時計を指差す。

「遅いよ航《こう》！」

「悪い悪い。そこのコンビニで立ち読みしてた」

「え？　先に着いてたの？」

「……嘘《うそ》と言ったら？」

「罰ゲームでパーンチ」

七海沢は俺の腹部に向かってパンチのフリをしてくる。

先に着いといて良かった……。

こうして駅前で七海沢と合流すると、二人で近くの商業施設を歩き回る。

「今日は祝勝会と聞いたからわざわざ来たのだが……そのリュックから察するに」

俺が目を細めると、七海沢は親指を立てて笑う。

「さっすが幼馴染《おさななじみ》！　もうリュックがパンパンになったから、これから行く買い物の荷物持ちよろしく〜」

「ったく、人使いの荒いやつだ。俺だって暇じゃ」

「暇でしょ絶対」

い、言い返せない……。

この時だけは、暇人の自分を恨んだ。

「リュックがパンパンって、ここに来る前に何買ったんだよ」

「えっとねー。お菓子とかテーピングとかお菓子とかコスメとかお菓子とか」

「菓子ばっかかじゃねーか。アスリートとしての自覚はないのか？」

「うっさい。あたしは活躍してるんだから誰も文句言えないでしょ？　あと帰宅部の航に説教される謂《いわ》れはないんだけど？」

い、言い返せない……（二回目）。

この時だけは、帰宅部の自分を恨んだ。

七海沢は中学まではそれなりにストイックなバレー女子であったが、最近はコスメやK－POPやら周りの女子高生の文化に毒され始めている。

本人も大切な高校三年間をバレーのためだけに使いたくないと思っているらしいが、バレーでしっかり活躍して、誰にも文句を言わせないところが彼女らしいとも言える。

「航、ここだよ？」

「え？」

七海沢に連れられてやってきたのは、女性物のブティックが集合したファッション系のエリアだった。

「お前の買い物って、服だったのか？」

「うん。ちょっとは可愛《かわい》い感じの服も買おうかなって」

「可愛い？　今のスポーティな感じの方が似合ってると思うが」

「イメチェンってやつ。あたしもそろそろ彼氏とかできるかもだからねー。カレのタイプに合わせられるように、可愛い系の服も持っておきたいから」

バレー部の一年生エースだもんな。上級生の先輩とかにも狙われてるだろうし、七海沢に彼氏ができるのも時間の問題か。

「じゃ、さっさと買ってメシ行くぞ。腹減った」

「はいはい。相変わらずだね航は」

☆☆

七海沢のファッションショーが始まる。

お節介な店員に乗せられて、次から次へと洋服が様変わりしていく。

「うーん、これもいいなぁ。でもこっちも結構アリだしー」

どの服も大人カジュアルな服だった。

七海沢は身長が高くて胸もあるし、その手の服もよく似合っている。

バレーだけでなくスタイルも超高校級だとは思っていたが……この服装で街歩いたら、大学生くらいに勘違いされそうだな。

「ねえねえ、この服とか航はどう思う？」

七海沢はベージュパンツと黒のオフショルダートップスに着替えて、フィッティングルームのカーテンを開いた。

「いいんじゃないか？　少し大人びてる気もするが」

「そう？　じゃあ店員さんこれで～」

「即決かよ」

「ご来店の際のお召し物はいかが致しましょうか？」

「この服をそのまま着ていくので、紙袋か何かにお願いします」

「かしこまりました」

　俺は七海沢がさっきまで着ていた服が入った紙袋と、その後に他の店でも買った服の買い物袋を持たされる。

　華やかな服装に変わった七海沢とは対照的に、コミケ帰りのオタクみたいに買い物袋を持つ俺。

　確かにこの量を買うなら荷物持ちも必要になるか……。

　俺は自分の腹が鳴ったことに気がつき、足を止める。

「なあ七海沢ー、そろそろメシに」

「その前にっ！　そこのお花屋さん、寄っていくよ？」

「花屋？　昨日の試合でチームメイトが入院でもしたのか？」

「違う違う」

「じゃあなんで」

「そんなの——決まってんじゃん」

最後に向かったのは、墓参りだった。

家の近隣にある集合墓地にやってくると、両手が塞がってる俺の代わりに、七海沢が水《み》桶《おけ》に水を入れて持ってくれる。

「入学式の時以来だね」

「……だな」

この墓地には交通事故で帰らぬ人となった俺の両親が眠っている。

花を入れ替えて線香に火をつけて香炉に差すと、二人で手を合わせる。

「おじさんおばさん、航は立派に育ってるよ」

七海沢は墓石に向かって語りかけた。

俺が両親を亡くした後、幼馴染の七海沢は誰よりも俺のことを気にかけてくれて、叔母の道子《みちこ》さんと一緒に俺を支えてくれた。

だから俺は七海沢に感謝している。

俺の人生には恩人が多すぎるな。

「あ、でも最近はね～？　人気アイドルの桜咲菜子《さくらざきなこ》ちゃんとイチャイチャしてるんだよー？」

「イチャイチャなんかしてねーよ。あいつに付き合ってやってるだけだ」

「ふふっ……照れちゃってさ」

「照れてねえよっ」

七海沢《ななみさわ》はニヤニヤしながら、再び墓石の方に目を向けた。

「航が幸せになるまで、ちゃんとあたしが見届けるからね？」

「……七海沢」

「だからもう、航の邪魔なんかしないように気をつける」

「お前、まだそのこと」

七海沢はずっと引きずっていることがある。

長い付き合いの中で、唯一仲違《なかたが》いしそうになった……中学の時のあの事件。

俺は全く気にしてないし、七海沢も気にする必要などないのだが……ったく。

「そんな昔のことを気にする余裕があるなら、勉強の方を気にしたらどうだ？　赤点取ったら部活禁止なんだぞ」

「……そう、だよね。よしっ！　二人にも近況報告できたことだし、今日はこの後、勉強会しよっ」

「勉強もいいが、腹減ったし、先に近くの飲食店でも入るか？」

「ううん。それなら、昨日食べられなかった航の料理が食べたーい」

「ええ……面倒なんだが」

「食ーべーたーいー！」

……まあ、今日は七海沢の祝勝会という体だし、こいつのワガママを聞いてやるか。

帰りにスーパーで買い物をした後、俺は家で七海沢に料理を振る舞うのだった。

第四章　現役ＪＫアイドルさんはライブを見て欲しいらしい。

あっという間に六月も半ばになり、すっかり季節も梅雨に入った。

窓の外を眺めると、いつも雨で教室内もジメジメしている。

クラスでは外部活の生徒が毎日のように歓喜しているが、俺みたいな帰宅部の暇人にとって雨の日が続くのは迷惑でしかない。

暇つぶしのエリアが狭まるのはもちろん、家事をする上で洗濯物が乾きづらいことや、買い物袋が濡《ぬ》れてしまうのは困る。

雨を気疎げに思っていると、教室の引き戸が力強く開け放たれた。

「帰りのＨＲ始めるぞ、さっさと席に座れっ！」

教室に入ってくるなり怒鳴り散らす小太りの担任教師。

運動部員を中心として浮ついていた教室の空気が一瞬で静まった。

全員が席に座る中で、空席の桜咲の席が目に留まる。

何も置かれていない机と、今にも溢《あふ》れそうな机の中のプリント。

ライブを土日に控えた桜咲は、その都合で連日学校に顔を出していない。

周りの生徒は桜咲がいないことなんて全く気にもせずに生活していたが、俺だけはその寂しそうな席につい目がいってしまう。

帰りのＨＲを聞き流し、終わってからすぐ帰ろうとした俺の肩に、テーピングが巻かれた指が掛かる。

「こーうっ」

「……なんだよ」

七海沢がやけに笑顔で話しかけてくる。

こういう時の七海沢は何か企《たくら》んでるに違いないし、嫌な予感しかしない。

「さっきの授業のノートみっ――」

「見せねえよ」

「なんでっ！」

「お前、爆睡してただろ？　自業自得だ」

「えぇ?!　お願いー！　もう寝ないからぁ」

「それ中学の時から言ってるよな。もう何回目だよ」

「二十八回目」

「カウントする頭があるなら勉強しろ」

「お願いしますっ、この通りっ」

深々と頭を下げてくる七海沢。

中学の頃から見慣れた光景だ。

最終的にはいつも俺が折れてノートを貸すことになる。

「はあ……別にいいけどさ。写すだけなら意味ないし、一通り読んでから理解した上で自分のノートに書けよ」

「あっりがとう！　航《こう》っ」

七海沢にノートを渡すと、上機嫌に俺の机でコピペ作業を開始した。

これだけ言ってもどうせ写すだけになるのがいつもの流れなので、俺はもう諦めている。

「別に俺の机でやらなくても」

「今日部活休みだから、ちゃちゃっと写して、ちゃちゃっと友達と買い物行きたいの！　だから、一分一秒を争うコピペの邪魔しないで」

自分でコピペ言っちゃダメだろ。

「それなら明日《あした》にしないか？」

「面倒事は先延ばしにしたくないの！」

「その面倒事を作ったのはお前じゃないのか？」

「それは……そうだけど。とにかく！　航も座って」

俺は仕方なく席に座り直し、七海沢が終わるのを待ちながら窓の外を見つめた。

「……ん？」

窓から見える昇降口に、どこかで見覚えのある女子生徒が雨宿りをしているのが見えた。

金色に染められたストレートの髪と、この距離からでも分かるくらい豊満なバストを持ち合わせた女子生徒。

あの金髪女子……どこかで見た記憶があるな。

「ねえ航？　聞いてる？」

「………………」

「航！」

「あ、あぁ……。すまん、どうした？」

「何見てたの？」

七海沢は俺の視線を辿《たど》って、昇降口の屋根の下にいる彼女を凝視する。

「誰あの子？　航の知り合い？」

「全く知らないが……さっきからずっと、昇降口に立ってるんだよ」

「へー。待ち合わせでもしてるんじゃない？」

「雨が降ってるんだから、普通なら室内で待ち合わせしないか？」

「言われてみると、確かに……」

俺たちが話していると、教室の一番後ろの席に座っていたクラスの男子が急に騒がしくなる。

俺たちと同じく窓から昇降口の方を見下ろしているようだった。

「おい、見ろよあれ。隣のクラスの恋川美優《れんかわみゆ》じゃね？」

「おお、ほんとだ」

恋川……？　あれ、どこかで聞いた名前だな。

「恋川ってさ、演劇部だけど区のご当地アイドルもやってるんだよな？」

「顔も良くて、身体《からだ》つきもエロいし、くぅう、同じクラスになりたかったぜ」

ああ思い出した。あの女子生徒、文化祭の時に演劇部の劇に出てた女子だ。

やけに露出度の高い衣装で、派手な髪色だったからなんとなく覚えていたが……あの金髪って、演劇用のウィッグとかじゃなかったのか。

「でも知ってるか？　恋川って裏では意外とビッチらしいぜ」

「は、マジで？　アイドルなのに？」

「それは表の顔だよ。裏では色々ヤッてるって噂《うわさ》だ」

「マジかー。可愛《かわい》い顔して純潔アピールしてても、結局アイドルなんてそんなもんなんだよなー」

それを聞いていた七海沢の眉がピクリと反応し、七海沢は荒々しく椅子から立ち上がると、男子たちの方へ詰め寄る。

「ちょっとあんたら下世話な話なら他所《よそ》でやってくんない？　あたしたち勉強してるんだ

けど！」

「……お、おう」

七海沢は男子たちを一喝すると席に戻ってくる。

「根も葉もないことばっか言って。あーいうのほんとダサいよねっ」

七海沢が怒る気持ちも分かる。

恋川という女子の本性は知らないが、仮に恋川が男を引っ掛けているとしても、それをアイドルという括《くく》りにされたら、同業種の桜咲《さくらざき》と親しい俺たちや、桜咲自身も堪《たま》ったもんじゃないだろう。

恋川はそんな噂を流されているくらい素行が悪いのだろうか……？

まあ、俺には関係ない話だが。

「七海沢。怒る気持ちも分かるが、さっさと終わらせろ」

俺がそう促すと、七海沢は「はーい」と言ってノートのコピペ作業に戻るのだった。

☆☆

「じゃっ、また明日ね、航」

「おう。あんま遊びすぎるなよ」

「分かってる。ノートもありがと」

七海沢《ななみさわ》は、この後隣のクラスの友達と遊びに行くらしく、コピペが終わり次第隣のクラスへ向かった。

さてと、俺は金曜恒例の牛丼屋へ向かうとしよう。

昇降口まで降りて来ると、傘立ての中から自分の傘を手に取って外へ出る。

そういや、恋川とか言うご当地アイドルはもう帰ったみたい……だ……な？

彼女がさっきまで立っていた場所には誰もいなかった……が、反対側の隅っこに、一人寂しくしゃがみ込んでいる恋川美優がいた。

俺が彼女を見つけた瞬間、恋川もこちらを見てくる。

不意に目が合ってしまい、気まずい空気が流れる。

このまま素通りしてもいいが……幸い、俺は普通の傘と折りたたみ傘の二つを持っており、貸そうと思えば貸せる。

一応、傘がなくて困っているかどうか聞いてみるだけ聞いてみるか。

「傘、ないのか？」

と、俺が訊《たず》ねると、

「……どう見えますか？」

と、恋川は落ち着いた声で、聞き返してくる。

「ど、どうって……傘がなくて雨宿りしてるんじゃないのか？」

「……そうですね」

ご当地アイドルだったり、見た目が金髪だったりするから、もっとチャラチャラしてるイメージだったが、彼女は意外とミステリアスな雰囲気があった。

「今日はこの後も雨だろうし、もしよかったら、俺の折りたたみ傘を――」

「実は今日、下着を着けてくるのを忘れちゃったんです」

「は……？」

「もし雨で濡れたら……全部、見えちゃいますね」

艶《なまめ》かしくそう言われ、つい彼女の胸元へ目が行ってしまう。

「今、私の胸を見ましたよね？」

しまっ――誘われた……。

「み、見てなんか」

「ふふっ、さっきの全部嘘《うそ》ですよ」

「う、嘘？」

「下着を忘れるなんて、お間抜けさんにも程がありますから」

恋川は不敵な笑みを浮かべながら、妖艶な眼差《まなざ》しをこちらに向ける。

こいつ……噂に違《たが》わず男癖の悪そうな性格してやがる。

「じゃあ、傘を借りる代わりに……何かして欲しいこととかありますか？」

「……どういう意味だ」

「お礼ですよ。ほら、デートとかしてあげましょうか？」

恋川は、人差し指で下唇を色っぽく撫《な》でながら言う。

「礼は要らない。俺は傘がなくて帰れないのかと思っただけだ」

「へえ……お優しいんですね？」

これ以上こいつと話すのは止《や》めておこう。

「ここに折りたたみ傘を置いていくから勝手に使ってくれ。安物だから返さなくていい」

俺は鞄《かばん》から折りたたみ傘を取り出すと、足下に置いた。

「……不器用な人」

「は？」

「彼女さんでもいるんですか？」

「いねーよ」

「じゃあ親しい女の子とか」

「いねーって」

「じゃあ」

「いい加減にしてくれ」

俺は自分の傘を差して、横目で恋川の方を見る。

「困ってるお前を無視して帰ったら後味が悪いと思っただけだ。他意はない。じゃあな」

「そうですか……でも私はこのご恩、忘れませんから」

俺は恋川を無視して、昇降口の屋根の下から校門に向かって歩き出す。

恋川も桜咲と同じくアイドルらしいが、桜咲とは全く違う性格をしてるな。

まあ、みんながみんな、アイドルだからって純粋で、愛想が良いわけではないか。

「そんなことより、牛丼屋行かねーと」

俺は金曜恒例の牛丼屋に向かうのだった。

☆☆

牛丼で腹を満たしてから家に帰ってくると、ちょうどそのタイミングで桜咲からlime電話がかかってきた。

『閑原《ひまはら》くん元気ー？』

「……お前は変わらず元気そうだな」

おそらく一週間ぶりくらいに聞いた桜咲の声。

『おやおや？　そのしょんぼり声からして、最近わたしに会えなくて寂しかったんでしょ？』

「寂しくなんてねーよ……今日も普通に牛丼食ってきたし」

『わたしも食べたよ！　金曜日は牛丼なんだよね？』

あくまでそれは俺の習慣であって、桜咲は合わせなくてもいいんだが。

『明日《あした》はライブだし、力の付く物食べないとね！』

「そっか、いよいよ明日なんだな、ライブ」

『うん……』

前日という大事な日にもかかわらず、桜咲は電話をしてきたのか。

俺なんかと話しててていいのか？

『わ、わたし！　が、頑張る！　ライブが終わったらご褒美の、ど、動物園だし！』

「声、震えてるけど大丈夫か？」

『た、だだ、大丈夫だよ！』

「やっぱどれだけ場数踏んできても緊張するもんなのか？」

『うん。わたしだけなのかもしれないけど……やっぱり緊張するかな』

最初は威勢が良かった桜咲だが、電話越しでも分かるくらい緊張している様子だった。

少し、緊張をほぐしてやるか。

「そういやライブとかでアイドルが登場時に自己紹介するやつ、お前もやってるのか？」

『へ?!　……そ、そういうのはやってないなぁ〜』

「ネットで調べたら出てきたぞ」

『ちょ！　やめっ』

「えーっとなになに？」

『嘘ついたの謝るからやめてよー！』

俺は動画投稿サイトにある【桜咲菜子《なこ》の口上】という動画を再生する手を止めた。

「試しに言ってみてくれ」

『えっ！』

「どんなのか気になるし」

『むぅ……関原くんってやっぱSだよね？　仕方ないなぁ……』

桜咲は一呼吸置いて、始める。

『桜のように咲き誇る笑顔っ、イメージカラーは菜の花のきいろっ、みんなの〝なこたん〟こと、桜咲菜子ですっ』

「…………お、おお」

やっぱプロだな。

普通に感心していたら、急にポロンッという音がして、lime電話が切れた。

「…………ん？」

一分くらい経《た》ったらまた電話がかかってくる。

『急に切ってごめん。ちょっと顔洗ってきた』

「だ、大丈夫か」

『閑原くん、さっきの忘れて』

「冗談とか抜きにして、流石《さすが》だと思ったぞ。プロ意識というか」

『忘れて』

電話越しなのにこの圧……流石プロというべきか。

『……も、もぅ、閑原くんはアイドルのわたしに興味ないんでしょ？』

「そうだな。曲とかも聞いたことないし」

『こんなの不公平だよ！　閑原くんも恥ずかしいことしてよ！』

「え……？　俺もその恥ずかしい口上を言わないとダメなのか？」

『あ、今恥ずかしいって言った！　閑原くんのバカっ！　ドＳ鬼畜男っ！』

「散々な言われようだな」

『自分のせいでしょうがっ！』

珍しく桜咲《さくらざき》は声を荒らげる。

「でもさ、少しは緊張ほぐれたろ？」

『……うん。確かに』

「じゃあ、明日も落ち着いて頑張れよ」

『うん……ありがと。あ、ちょっと待って関原くん』

「まだ何かあるのか？」

『明日の公演ね……ネットでも見られるから、関原くんに見て欲しいって言うか』

「……おう。後で確認しておく」

『応援してね、わたしのこと』

「分かった分かった。じゃあ切るぞ」

『うん……おやすみ』

俺は最後に「おやすみ」と言って電話を切った。

緊張も少しはほぐれたみたいだったな。

ネット配信……か。

俺はスマホでネット配信について調べる。

「これ、有料なのか……」

こうしてしばらくは金のかかる暇つぶしを禁止して、節約生活をすることが決まった。

☆☆

「ひ、関原くんに、見て欲しいって言っちゃったっ！」

真っ赤になった自分の顔に手を当ててるとカイロみたいにじんわり温かくなっている。

スマホのロック画面に映る自分のニヤけ顔。

な、なに有頂天になってんのわたし！　ライブが明日に控えてるのに！

まだライブ前！　浮かれない浮かれない。

とりあえず深呼吸を繰り返す。

「ふぅ…………。ど、どどっ、どうしよう！　なんであんなこと言っちゃったかなー！」

落ち着いては悶《もだ》え、落ち着いては悶えを繰り返す。

「……そういえば明日の配信、有料チケット買わないとだった」

運営さんに連絡すれば手配できると思うし、関原くんに言っておかないと。

そう思ってlimeすると、『別にいい。しっかり払わせてくれ』と、返ってきた。

ほんと。そういうところだよ、関原くん……。

ベッドに転がりながらさらに悶える。

……関原くんに見られるとか、自分にプレッシャーかけるだけじゃん、もー！

でも頑張ったら、関原くん褒めてくれるよね。

「よし……気合い入れないと！」

☆☆

ライブ当日。

早朝に桜咲から『行ってきます！』というlimeが送られていた。

朝から準備があるのか。本番前から忙しそうだな。

「あの桜咲が、何万人もの前でライブをするんだもんな……」

俺は普段、休日には本を読んだり家事をしたりして過ごしているのだが、今日はなぜか本を読んでいても、家事をしていても落ち着かない。

夕方から桜咲のライブがあると思うと、なぜか落ち着かないのだ。

俺は観《み》るだけなのに……どうしてこんな。


――怖い、のか？


桜咲菜子というアイドルを観ることは、普段とは全く違う彼女を見てしまうということだ。

「……なんで怖がってんだよ、俺」

洗濯機が洗濯終了の音楽を奏でる。

俺は、柔軟剤を入れるのを忘れていた。

そのまま夕方になり、作り置きの晩御飯を冷蔵庫に入れて、自分の部屋に戻って鍵をかけると、ノートパソコンから生配信のサイトを開く。

既に会場には満員に近いファンが入っており、まばらなペンライトが光っていた。

ラズベリー・ホイップって、五人組のアイドルグループなんだよな？

だとしたら、桜咲以外にも四人アイドルがいるってことか。

スマホでラズベリー・ホイップのメンバーを調べてみる。

大学生二人と高校生三人……凄《すご》い編成だな。

大学生組は、グループの大黒柱でリーダーの朝霞陽菜《あさかひな》と、アイドルにしては豊満な胸元をした翠川麻奈《みどりかわまな》。

高校生組は、桜咲以外に二人いて、美形でボーイッシュな見た目の水無月姫乃《みなづきひめの》と、シルクのように真っ白なストレートヘアが特徴的な雪道幸子《ゆきみちさちこ》の二人だ。

この二人も高校生ってことは、桜咲と同じような悩みを抱えていたりするのだろうか。

さらにスクロールすると、ホームページの一番下にはこのグループの説明も書いてあった。

桜咲が子役からアイドルになったように、他のメンバーも別の業種からアイドルになっているようで、朝霞はＤＪ、翠川はグラビア、水無月は舞台女優、雪道は海外でバレリーナ、といった別の業界にいたメンバーが、オーディションやスカウトによって集まったのがラズベリー・ホイップらしい。
それぞれ違った個性があるのが人気の理由らしいが、こんな癖の強そうなグループでセンターをやってる桜咲って……。

俺がホームページを眺めていると、ノートパソコンから音割れしそうなくらいの歓声と万雷の拍手が聞こえてくる。

『みんなー!』

ステージに現れたセンターポジションの桜咲菜子。

ギンガムチェックのスカートと、ライトが乱反射するスパンコール、胸元には黄色のリボンをあしらい、袖には琥珀色《こはくいろ》のビジューが装飾されていた。

これが、アイドルの桜咲菜子……。

立ち振る舞いやMC中の喋《しゃべ》り方《かた》、さらに会場を盛り上げるパフォーマンス……何もかもがいつもと全然違う。

このギャップに、俺は驚きを隠せなかった。

普段の子どもっぽくて、世間知らずな桜咲菜子はそこにいなくて、今の彼女はひたすら輝いてみんなから熱い眼差《まなざ》しを向けられている。

いつの間にか、桜咲から目が離せなくなっていた。

『桜のように咲き誇る笑顔っ！　イメージカラーは菜の花のきいろっ！　みんなの〝なこたん〟こと、桜咲菜子ですっ！』


口上を言った瞬間、会場が沸き上がる。

この声援を一身に受け止めているのが、あの桜咲なんだ。

これだけ桜咲を推してる人がいて、桜咲を求めてる人がいる。

『みんなーっ！　今日は来てくれてありがとーっ！』

そこからはノンストップで曲が流れ出し、桜咲はファンの声援を受けながらマイクを片手に踊る。

こんなに激しいステージを作り上げるために、桜咲は何日も努力していた。

ステージ上にいるのはいつもの子どもっぽくて、ワガママばっかり言ってる桜咲菜子ではなく、アイドルの桜咲菜子なんだと、しみじみ思い知らされる。

「……これが、人気アイドル桜咲菜子、なんだ」

ステージの上で輝く彼女の姿に誰もが目を奪われていた。

普段の桜咲とのギャップが凄すぎて、今目の前の映像にいる桜咲が、別人に思えてしまう。

ゲーセンでジャックポットを当てて喜んだり、牛丼の王様盛りを一瞬で食べ終わったり、文化祭を誰よりも楽しみにしてたり、一緒に散歩をしたり……そんないつもの桜咲からは考えられないくらい、ステージの上で歌う桜咲菜子《なこ》は、特別な存在感を放っていた。

いつも俺の隣にいた桜咲菜子は、こんなにも凄い存在だったのか……。

これまでアイドルの知識がほぼ無かった俺にとって、それは物凄い衝撃だった。

煌《きら》びやかなステージの上で歌って踊りながら、桜咲は終始笑顔で眩《まぶ》しいくらいのライトに照らされていた。

会場のファンのボルテージも、ラストに向かうにつれて最高潮に達していく。

『じゃあ、最後にいつもの行くよーっ！』

そういえば、前に桜咲が言ってた……。

いつもラスト歌うのは、一番の人気曲——。

『ボクと君の明日《あした》に』

☆☆

ライブが終わると、謎の余韻があった。

目に焼きついた、本当の桜咲《さくらざき》菜子の姿。

ライブの前までは、内心、俺もアイドルの桜咲菜子を楽しみにしていたが、終わってみれば楽しかったというより、圧倒されたという形容が似合うくらい、俺の中の桜咲のイメージが一気に変わっていた。

今のライブの映像が、何度も脳内で再生される。

俺はベッドに寝転がって虚空を見つめた。

あれが現役ＪＫアイドル桜咲菜子……なのか。

圧倒された俺は、ライブが終わってからも心ここに在らずで、次第に眠気に襲われて浅い眠りに入っていた。

「桜、咲……」

眠ってから何時間が経《た》っただろうか。

突然スマホが震えて電話がかかってくる。

ライブが終わったばかりだし、今日はもう桜咲からは電話が来ないと勝手に思っていたが、スマホの着信画面には桜咲菜子の名前が映し出されていた。

俺は寝ぼけた頭を叩《たた》き起こして、すぐにスマホを手に取った。

『閑原《ひまはら》くん！』

「……お、おお桜咲。お疲れ様」

寝起きの俺とは反対に、ライブ終わりの桜咲は声からして興奮していた。

『大成功だったよ！　ミスもなかったし！』

「そっか、良かったな」

『閑原くん、観ててくれたんだよね？』

「あぁ……観てたよ、最後の曲まで」

『ならどうだった？　閑原くんの感想聞かせてっ！』

……感想、か。

ライブが凄すぎて、完全に圧倒されてしまった俺は、頭の中でなかなか纏《まと》まらない感想を淡々と並べる。

「やっぱ、桜咲は凄い……って思ったよ」

『うんうん！』

「アイドルとして、大勢のファンと一体になって、一つのライブを作り上げていたし、それは、凡人にはなかなかできないことで、誰しもが立てる舞台じゃないと思う」

『…………う、うん？』

桜咲が疑問系みたいな反応をする。

「あ、あのさ桜咲。今日のライブを観て、本気で思ったんだけどさ……」

俺は唾を飲み込んで、はっきり言う決心をした。

「お前の輝く姿を観てたら……もしかしたら俺は、お前に悪影響を及ぼしているんじゃないかって」

『──え』

時が止まったかのように、空白の三秒が生まれる。

桜咲は俺の言葉を理解することができないのか、なんて言ったの？　と聞き返してくる。

「だから、俺みたいなのとは、もう関わらない方がいいんじゃないかって」

『…………』

「お前は本当に凄い。歌もめちゃくちゃ上手《うま》かったしファンもお前に夢中だった。アイドルのことはよく分からないが、これからお前はもっともっと人気になっていくんだと思う。だから……俺みたいなダメ人間といたら、お前のアイドルとしての才能が錆《さ》び付いて──」

『関原くんはさ、アイドルのわたしに興味ないって前に言ってたよね？』

間髪入れずに、桜咲はそう言い放つ。

なぜ今そのことを……？

『わたしは最初から、関原くんにアイドルのわたしを観《み》て欲しいなんて言ってないよ』

「桜咲……？」

『アイドルのわたしなんてどうでもいい！　だって……閑原くんを誘ったのは、いつものわたしでしょ？』

「……だ、だが。俺が観てたのは」

『わたしは……いつものわたしを知ってる閑原くんに、アイドルとしてじゃなくて、いつもの桜咲菜子として頑張ってるところを観てもらって、ただ単純に褒めて欲しかった』

桜咲は落ち着いた口調で言いながら、一呼吸置いて話し続ける。

『それに、わたしが君に伝えたかったのは、ダンスの巧《うま》さでも歌の上手さでもない、精一杯の気持ち、だよ？　一度は気持ちが折れかけたわたしに、頑張る力を与えてくれた君への感謝の気持ち』

「さ、桜咲……」

『ファンのみんなはアイドル桜咲菜子を観に来てた。アイドルの桜咲菜子のためにコールしてくれたし、ペンライトも振ってくれた。でも閑原くんは、違うでしょ？』

「あ、あぁ……」

そうか……俺は見失っていた。

俺が観たいと思ったのは〝アイドル桜咲菜子〟じゃない。

俺をウザいくらいに振り回す、ワガママで子どもっぽい、そんないつもの桜咲菜子が、頑張ってる姿を観たいと思ったんだ……。

『ねっ？　だから褒めてよ関原くん。今日くらいわたしを甘やかして？』

「……い、いつも甘やかしてやってんだろ」

『はぁ？　わたしのことすぐにバカにするくせにー！』

なんか勝手に色々考えすぎたのかもしれない。

桜咲菜子をアイドルという価値観で括《くく》ってしまったら、桜咲から距離を置いてるやつらと同じ行為をすることになる。

俺の知ってる桜咲菜子は、今こうして、電話先にいるんだ。

「今日のお前は、他の誰よりも輝いてた。いつもはワガママなくせに、ちゃんと周りに合わせてパフォーマンスしてたしな？　あと……」

『あと？』

「……可愛《かわい》かった。衣装とか表情とか、全部な」

『………っ』

「さ、桜咲？」

『ひ……ひまばらぐんっ』

「おいおい、また泣いてんのか」

『だってぇ。急にデレるしぃ！』

「はぁ？　デレてねぇよ！　俺は率直な感想をだな……はぁ」

俺は呆《あき》れながらも、もう一度、桜咲に率直な気持ちを伝える。

「これからも〝いつものお前〟として桜咲菜子を見てていいか？」

『うん見てて。これからもわたしは輝き続けるからっ！』

第五章　現役ＪＫアイドルさんは動物園に興味があるらしい。

「あの関原くんが可愛いって言ってくれた……」

電話が終わってからもずっと、関原くんのあの言葉を頭の中で反芻《はんすう》している。

関原くんが、わたしに。

「可愛い、かぁ……」

ゲーセンで貰《もら》ったぬいぐるみを抱きしめながら、ベッドの上をゴロゴロ転がって喜びを爆発させる。

関原くんに可愛いって思ってもらえることが嬉《うれ》しい。

いつもなら子ども扱いされちゃうし、関原くんがわたしのことを揶揄《からか》う余裕がないくらいに可愛さをアピールできたなら、大成功と言える。

「頑張ったよね、わたし」

関原くんに褒めてもらえることが、こんなにも嬉しくて、心がポカポカするなんて……。

「関原くん……」

ここ最近、関原くんのことばかり考えているような気がする。

学校にいる時もいつの間にか関原くんを目で追っちゃうし、レッスンも関原くんに褒めて欲しくて頑張ってたし、家にいる時だって、暇さえあれば閑原くんに電話かけたいって気持ちになってる……。

いつまでも、閑原くんと話していたい。

本当なら毎日でも閑原くんと一緒にお出かけしたいし、ずっと隣にいてくれるだけでも嬉しい。あと、お仕事頑張ったら優しく褒めて欲しいかも。

そんな自分勝手なことを考えては、閑原くんから貰ったぬいぐるみを抱いてベッドの上で悶《もだ》える。

友達なんだし、また遊びたいって思っちゃうのは普通なんだろうけど…………多分これはそんな簡単な気持ちじゃない。

「わたしは閑原くんのことが……好き、なのかな」

恋なんて、今までドラマや漫画でしか見たことがなかった。

経験がないから、本当に恋なのか分からない。でも、他の人にはこんな感情を抱かないし……。

「……ちょっと調べてみようかな」

スマホでWEBブラウザを開くと、『恋　条件』で検索に掛ける。

一番上にあったサイトを開くと、恋の三条件が書かれていた。

三条件って、何なんだろう……？

これに当てはまったら、わたしは関原くんのこと……。

【一つ目、いつもその相手のことを考えている】

あ、当たってる。

【二つ目、その相手を見てるだけでドキドキする】

こ、これも、当たってる……。

じゃあやっぱり、わたしは――。

【三つ目、その相手とエッチしたいと思っている】

「……へ？」

え、えええええええええ、えっちぃ?!

このサイト何言ってんの?!

わたしはそんなこと！　か、考えてない……はず！

関原くんとそんな、破廉恥なことなんて……。

頭の中でぼんやりと、ピンク色の妄想が浮かびかけたけど、頭をプルプル振って断ち切る。

「な、なに考えてんのわたしっ！　えっち！　へんたい！」

「こんな時間に何を騒いでいるんだ！」

「お父さん?!」

一人で盛り上がってしまって、知らない間に大声を出していたようで、それを注意しにきたお父さんが、怒りながら、部屋に入ってきた。

そうだ、お父さんに色々聞いてみよう。

「ね、ねえお父さん……聞きたいことがあるんだけどさ」

「どうした菜子《なこ》。何か悩み事でもあるのか？」

「お父さんは、お母さんのことを好きになった時どんな感じだったの？」

「お……親の馴《な》れ初《そ》めなんて、聞くもんじゃない！」

お父さんは声を裏返しながら「早く寝るんだぞ！」と言い残して、照れ顔で部屋から出ていった。

もー、本気で悩んでるのに……。

わたしはモヤモヤしたこの気持ちを晴らすべく、この前不忍池《しのばずのいけ》を散歩した時に撮った、ツーショットの写真を出す。

息を吸うのを忘れるくらい、わたしは閑原《ひまはら》くんを黙って見つめていた。

目が離せなくて、ずっと考えてて、ドキドキする。

エッチなのは……まだ早いと思ってるけど、やっぱりわたしは関原くんのことが好きなんだよ。

関原くんはわたしのこと、どう思ってるんだろう。

今日のライブを見て可愛いって言ってくれたけど……関原くんにとってわたしは、ただの友達、なのかな。

関原くんの目に、わたしはどう映っているのか気になって仕方がない。

関原くんも同じ気持ちだったら……嬉しいなぁ。

☆☆

——翌週の月曜日。

久々に登校したものの、わたしと関原くんは校内で会話することはなかった。

詩乃《しの》ちゃんと三人で行った勉強会以来、校内でわたしと関原くんが話したことはない。

同じ教室にいるのに、いつも関原くんと距離を感じてしまう。

もっと話したいのに……。

でも我慢我慢。これはお互いのためなんだから。

わたしが下手に声をかけて、変な噂《うわさ》が立って関原くんに迷惑をかけたくない。

横目で関原くんを見つめていたら、詩乃ちゃんが関原くんと話しているのが見えた。

……詩乃ちゃんはいいなぁ。

いつもああやって、気軽に関原くんに話しかけている様子を目にする。

関原くんも関原くんで、わたしと話す時と、詩乃ちゃんと話している時の距離感がなんとなく違うような気もするんだよね……物理的にも心理的にも。

普段からもっと話せたら、詩乃ちゃんくらい関原くんに近づけるのに……。

学校が終わるまで我慢するのが苦行にすら思えた。

帰りのHRが終わったら、すぐにわたしは下校する。

そして、いつもの待ち合わせ場所で関原くんを待つ。

待ち合わせ場所は、学校から少し離れた空き地の前。

数分待っていると、関原くんが来た。

「悪い、待たせたか？」

「ううん、待ってないよ？　さ、行こっ」

やっと話すことができた嬉しさで、自然と笑みが溢《こぼ》れる。

「何だその笑いは？　いいことでもあったのか？」

「別にー？　なんでもないよ～」

「そうか？」

閑原くんはいつもわたしの歩幅に合わせてくれるし、車道側を歩いてくれるし、普段は何ごとにも無頓着だけど、こういうところは意外と紳士的だ。

「今日はどっか寄りたい所とかあるか？」

それに、いつもわたしが行きたい所を先に聞いてくれるし……。

「桜咲《さくらざき》？」

「あ、えっとねー！　できたら長話できそうな所がいいなぁ。ライブの話とかしたいし」

「ライブの話は電話で散々しただろ。まだ話し足りないことでもあるのか？」

「な、なんでもいーじゃん！」

わたしが意見を押し通そうとすると、閑原くんはあっさり折れた。

「分かった分かった。じゃあどっか長居できる所へ…………って、あれ」

ポツポツと雨が降ってきた。

今日は曇りのち晴れの予報だったのに……。

「桜咲、傘持ってるか？」

「この後晴れる予報だったから、持ってきてない……」

「だよな、俺もだ。大降りになる前にどっか雨宿りできる所へ行こう」

わたしたちは小走りで近くにあった公園の屋根付きベンチに逃げ込んだ。

「結構、大降りになってきちゃったね」

「そうだな」

二人でベンチに座りながら、激しい雨脚を眺めていた。

この調子だと当分止《や》みそうにないと思う。

わたしは少し濡《ぬ》れた髪と制服をハンカチで拭った。

「待てよ。こんな時のために折りたたみを鞄《かばん》の中に入れて…………。そうだ、アイツに渡したんだった」

関原くんは恨めしそうに鞄の中を見ていた。

アイツ？　詩乃ちゃんのことかな？

屋根から雨を弾《はじ》く音が響いている。

雨に囲まれたベンチ。

わたしたち以外誰もいない……この時だけは、ここが二人だけの世界のように思えた。

このまま雨が、止まなければいいのに……。

「桜咲？　大丈夫か？」

「へ？」

「もし肌寒いならジャージを貸すぞ？　風邪引いたら困るだろうし」

「確かに濡れた所がちょっと冷たい気もするけど……関原くん、ジャージ持ってるの？」

「一応な。男子の体育は小雨なら大降りになるまで外でやるから、それでいつも持ってきてるんだよ」

関原くんは鞄からジャージを取り出す。

綺麗《きれい》に畳まれた紺色のジャージ。

関原くんのお家《うち》の洗剤の香り……。

「洗い立てなんだが……やっぱ男のジャージなんて嫌だよな。代わりと言ってはなんだが、タオルもあるからこれで」

「ありがと関原くん、ジャージ借りてもいいかな？」

「え？……あ、あぁ」

わたしは関原くんからジャージを受け取り、制服の上に羽織る。

あぁ、関原くんの匂いだ……。

関原くんに包み込まれてる、みたいな。

どうしよう、なんか……変な気持ちになってきちゃった。

☆☆

さっきから桜咲の様子がおかしい。

ジャージを羽織ったら余計に顔が赤くなったし……もしかして熱とかあるのか？

もし桜咲に風邪なんて引かせてみろ、親御さんにもの凄《すご》い怒られるんじゃ……。

「さ、桜咲。本当に大丈夫か？　顔赤いぞ」

「だっ、大丈夫大丈夫！　このジャージ、洗ってから返すね」

「お、おう……」

大丈夫なら、いいんだが。

その後はまた沈黙が流れる。

雨はまだ止みそうになかった。

早く止まないかな、雨……。

「ねぇ、関原くんっていつから詩乃ちゃんと友達なの？」

「幼稚園の頃からだな」

「へぇ……」

なぜ今になってそんなこと聞く？

桜咲にとってはそんなのどうでもいいことだと思うのだが……あまりにも話すことがなさすぎて聞いてきたのか？

「二人って昔は付き合ったりしてたの？」

「付き合う？」

「前に詩乃ちゃんはないって言ってたけど……本当は、どうなのかなって」

「ないが」

「で、でも！　いつも話してるじゃん！」

「それなら桜咲だってそうだろ？」

「そ、それは、そうだけど……」

桜咲は目を泳がせながら話を続ける。

「じゃあ、関原くんは好きな人とかもいないの？」

「……特にいないが」

「ほんと？」

「あぁ」

「ほんとにほんと？」

「しつこいな。どうしたんだよ今日は」

「……な、なんでもないっ！」

一体全体、今日の桜咲はどうしたのか。

いつもの天真爛漫《てんしんらんまん》な明るさがあまり感じられない。

ライブが終わったばかりだし、疲れとか色々溜《た》まってるのかもしれないな。

「桜咲、俺にできることがあったら言ってくれ」

「へ？」

「そうだ、あそこの自販機で何かあったかいものでも買ってくるか？」

「えっとじゃあ……手、貸して」

「は？　手？　飲み物はいいのか？」

「うん」

桜咲は俺の左手に自分の右手を重ねた。

桜咲の小さくて綺麗な手をそっと包む。

手が寒いのか？

「ずっと、こうしてて……」

「……わ、分かった」

いつもはよく喋《しゃべ》る桜咲だが、この時だけは珍しく大人しかった。

☆☆

あぁぁぁあああ！　何言ってんのわたしぃ！

閑原《ひまはら》くんの善意に甘えて、手握って！

こんなのズルだし……閑原くんを余計に心配させちゃったじゃん！

わたしは繋《つな》いだ手に目を向ける。

それにしても……男の子の手ってこんなにゴツゴツしてるんだ。

大きくて、温かくて……。

「桜咲、寒かったり飲み物が欲しかったら遠慮せず言えよ。風邪引いたら大変だからな」

関原くんがこんなに心配してくれてるのに、なんでわたし……自分の欲求を。

「あ、そういえば今週末行く動物園だが、ちゃんと変装するよな？」

「え？　どうしよっかなぁ。変装すると地味になりそうだし、可愛《かわい》い私服がいいなあ」

「いや、真面目に変装しないとヤバイだろ」

全く動揺しないでマジレスする関原くん。

可愛い私服見たいって言ってよ、もう……。

「牛丼屋の時みたいなジャージなら、バレなそうだと思うが」

「ヤ、ヤダよ！　わたし可愛い服着たいもん」

「そうは言ってもな……休日であんなに人が多い場所に変装無しは無理があるだろ」

「あ、じゃあ髪型変えるから！」

「髪型って……」

「あとは伊達《だて》メガネもかけて、厚底ブーツも履くし！」

「……髪型に伊達メガネ、厚底ブーツか。まぁ、それだけすれば大丈夫か？」

「やったー！　じゃあ当日楽しみにしててねっ！」

よーし、また『可愛い』って言ってもらえるように頑張らないと。


——そして、迎えた週末。

今日は関原くんと動物園へ行く。

わたしは姿見の前で、ふわっとスカートを揺らす。

淡黄のハイネックブラウスに白のフレアスカート。

髪型はいつものサイドテールじゃなくて、ストレートにカールを入れたストカールで、いつもとは違う印象を与えられるように仕上げた。

「よしっ」

厚底ブーツを履いて、最後にいつもの伊達メガネをかけると、わたしは家を出た。

☆☆

日曜の早朝。

今日は桜咲と動物園に行く約束をしており、叔母の道子《みちこ》さんに『男は待ち合わせより一時間早く行くものだ』とキツく言われた俺は、十時集合なのに九時前には動物園に来ていた。

「晴れたなぁ」

今日の天気は珍しく快晴。

ずっと曇りや雨続きだったのに、もう梅雨が明けたんじゃないかってくらいのこの天気。

桜咲《さくらざき》は天候にも愛されてるのか。

一時間くらい早く来たので、てっきり桜咲を待つものだと思っていたのだが……。

「あ、関原くんおはよー」

桜咲の方が先に来ていた。

「お前、まだ一時間前だぞ？」

「……た、楽しみすぎて二時間前に来ちゃった」

と、いたずらっ子みたいな笑みを見せる。

桜咲は、ベンチに座って俺が来るのを待っていた。

「二時間って……」

「あと三十分くらいで開くから、関原くんもここに座って待ってよ？」

「お、おう」

俺は桜咲と同じベンチに並んで座って、動物園の開園を待った。

普段から事あるごとに桜咲と電話をしているので、こういう時に何を話せばいいか分からなくなる。

俺が話題を探していると、桜咲が俺の肩をツンツンと突《つっ》いてきた。

「今日のわたし、いつもと違うと思うんだけど？」

「ん？」

「ほら、関原くんと遊ぶ時っていつも制服とかレッスン後のジャージだったし。私服見せるのは、初めてじゃん」

そういえば、桜咲の私服を見るのは初めてか。

上から下まで、落ち着いた装いでありながら、アイドルの時のイメージカラーである黄色をしっかりと織り交ぜている。

髪型も新鮮で、一目見て彼女が桜咲菜子《なこ》だと思う人はいないだろう。

「ねーねー！　どう？」

「か、可愛い……と、思う」

桜咲に向かってこれ言うの、恥ずかしくて顔から火が出そうになるんだよな。

恥ずかしながらも俺が可愛いと言うと、急に桜咲の目が潤んできた。

「ど、どうして泣くんだよっ。もしかして俺の言い方が悪かったのか？」

桜咲は、違う違う、と言いながら首を横に振った。

「と、とにかく涙拭けって。ほらハンカチ」

「……たま、撫《な》でて」

「は？」

「頭、撫でて」

「なんで、頭？」

「なんとなく！」

言われるがまま、俺は桜咲のその髪に手を伸ばす。

「えへへー」

「まだ動物見てねぇのに満足そうだな」

「開園までの三十分こうしててね」

「三十分?!」

それは流石《さすが》に……どうなんだ。

周りにバカップル認定されながら、俺は開園まで桜咲の頭を撫でさせられた。

☆☆

俺たちは開園と同時に動物園へ入る。

動物園に入ってすぐ隣に、ジャイアントパンダの展示室があった。

「ねぇパンダだよ、関原くん！　パンダパンダ！」

「テンション高いな……」

展示室に入ると、ちょうどパンダたちは食事をとっているところで、オスとメスの二頭のジャイアントパンダと、赤ちゃんパンダが二頭いた。

「あ、あのパンダもう寝ちゃったね」

オスのパンダが食事を終えたのか、それとも飽きたのか分からないが、寝転がったらそのまま動かなくなった。

「あのパンダ、ダラダラしてるし関原くんみたいだねっ」

「おい」

俺は単に暇人であって、ずっと寝てるニートと同類にして欲しくはないんだが。

「……それならあっちのパンダは桜咲だな？　笹《ささ》ずっと食ってるし」

俺は隣の展示室にいたメスのパンダを指す。

メスのパンダはサービス精神旺盛なのか、さっきからずっと笹を食べて客の目を引いていた。

「わっ、わたし食いしん坊じゃないしっ」

牛丼屋や文化祭で、あんなに食ってたくせに、今更どの口が言うんだよ。

「それにあんなにお腹《なか》も出てないし」

「本当かぁ？　実は無理やり引っ込めてたりして」

「じゃあ触ってみてよ！　ほら」

桜咲は俺の右手を掴《つか》むと、服の上から自分の腹部を触らせる。

「お、おいっ」

「ね？　ちゃんと引き締まってるでしょ？」

こいつは自分の腹が出ていないのを証明したくて必死だから、気づいてないのかもしれないけど……。

「なんかこれ……ちょっといかがわしいことをしているような」

「は、はぁ?!」

この状況に気づいたからか、桜咲は真っ赤になりながら俺の背中をポカポカ叩《たた》いてきた。

触らせたのはそっちのくせに……。

桜咲のパンチを背中に受けながら、俺たちは赤ちゃんパンダの前までやってくる。

「桜咲、これが赤ちゃんパンダだってさ」

「わぁぁああ、可愛いっ！」

確かにこれくらいのサイズだとパンダも可愛いな。

「バラエティ番組に出たときにね、このパンダちゃんたちの特集やってて。前から実物見てみたいなって思ってたの！」

「そうだったのか。見れて良かったな？」

「うん！　パンダやっぱり可愛いなぁ……」

蕩《とろ》けるような眼差《まなざ》しになりながら、パンダに魅了される桜咲。

ずっと見ていたいと言わんばかりにパンダの前に張り付いていた桜咲だが、人が増えてきたので流石に退場せざるを得なくなり、俺たちはパンダの展示室から離れた。

「パンダ飼いたいなぁ」

それは無理があるだろ。

「ささ、次行ってみよー！」

今日の桜咲のテンションは、全く落ちる気がしない。

☆☆

「フクロウ、直《じか》に見るの初めてかも」

「俺もだ」

枝木に大人しく留まるフクロウ。

「なかなかこっち向いてくれないな」

フクロウはさっきからずっと、そっぽを向いたままで、なかなかこっちを向いてくれない。

　まぁ、そんなもんだよな。

　諦めて俺は次へ向かおうとするが、

「あ、こっち向いた！」

　俺がたまたま他所《よそみ》見していると、フクロウがこっちを見たようで、俺もそれを見ようとしたのだが。

「あれれ、また別の方を向いちゃった」

「……なんだ。まあいいか」

　そして、俺が目を離した瞬間だった。

「あ、またこっち向いた」

　俺は咄嗟《とっさ》に振り向くが、フクロウはまた他所を見ている。

「……なんかこいつ、俺とは視線合わせないようにしてないか？」

「流石にそんなことないでしょ。あ、じゃあ閑原《ひまはら》くんあっち向いてて」

　桜咲に言われて俺はそっぽを向く。

「向いたよ！」

「っ！」

　俺が急いで振り向くと、またしてもフクロウは別の方を向いていた。

「あははっ！　やっぱ閑原くん嫌われてるじゃん！」

「くっ……。もう次行こう桜咲」

「あはっ！　あははっ！」

「いつまで笑ってんだ！ったく、どいつもこいつも」

フクロウを後にして、俺たちは次にトラの柵の前へ来た。

トラは静かに草木に身を潜めながら佇《たたず》み、こちらを凝視している。

「他にも客いるのに……やけにこっち見てるな？」

「うん。凄《すご》い見てる」

横目で桜咲を見ていると、少し身構えているようだった。

ん？……こいつもしかして。

「わっ！」

「ひゃっ！　ちょっ、なんで脅かすの！」

「トラに睨《にら》まれてビビってんのかなって」

「び、ビビってないし！」

「お？　こっちに寄ってきたぞ……って桜咲？」

隣にいたはずの桜咲の姿が見えない。

どこに行ったのかと思い背後を振り返ると、桜咲は俺の背中を摑んで隠れていた。

「いくらなんでもビビりすぎだろ」

「だってあの柵飛び越えてきたらわたしたち捕食されちゃうんだよ?!」

「どんな跳躍力だよ」

「あのトラが出てきたら関原くんを餌にして逃げることになっちゃうし」

「俺が犠牲になる前提なのかよ！　トラよりお前の方が怖くなってきたんだが」

桜咲《さくらざき》が異常に怖がるから次の場所に移動することになった。

「動物園のトラにビビるとか、可愛《かわい》いところあるんだな？」

「か、かわ……」

桜咲は無言で俺の右手に触れる。

「桜咲？」

「こ、怖いから！　手繋《つな》いで」

「は？」

「いいからっ！」

半ば強引に、桜咲は俺の右手に自分の左手を重ねた。

「怖いからって手を繋ぐ必要はないだろ……」

「こっ、怖いのもあるけど、関原くんが迷子になったら困るからっ！　ほら次行くよ！

アザラシとホッキョクグマ！」

「お、おう」

なんか無理矢理押し通されたような……まあいいか。

☆☆

「うわぁ、人いっぱい」

開園から時間が経《た》ち、人が段々と増えてきたからか、ホッキョクグマとアザラシのエリアには人集《ひとだか》りができていた。

俺はなんとか見えるが、桜咲の身長だと見えないかもしれないな。

「桜咲、見えるか？」

「んっ、ちょっと、み、見えないかも」

桜咲はピョンピョン跳ねながら言う。

「だ、だよな」

どうしたものか……。

俺が考えていると、桜咲が俺の服を引っ張る。

「ひ、関原くん。一つお願いがあるんだけど」

「なんだ？」

「その……わたしを持ち上げてもらえるかな？」

「持ち上げるっ？」

桜咲は両手を伸ばして待ち構えていた。

持ち上げるって言ったたって……。

さっきのお腹といい、桜咲は俺にボディタッチをされるのが嫌じゃないんだろうか。

「早く早くー」

桜咲が催促してくるので、俺は仕方なく、桜咲の腰に手を回す。

「えっと、じゃあいいか？　行くぞっ」

想像以上に軽い桜咲を、俺は両手で慎重に持ち上げた。

「見えるか？　桜咲」

「うん！　見えるよ関原くんっ」

いつもは俺より下の高さから見せるその笑顔が、今だけは陽光と重なって、上から見えた。

「よいしょっと、満足したか？」

「うん！　アザラシの目がくりくりしてて可愛かった」

しっかり見えたなら良かった。

俺が安堵《あんど》していると、桜咲は再び俺の手を引く。

「なあ桜咲。もう怖くないから手は繋がなくてもいいんじゃないか？」

「へ？……っ、繋ぐの！　関原くんが迷子になったら困るし！」

迷子迷子って、それはこっちのセリフなんだが……。

でもまあ、桜咲が迷子になったら困るしこのままでもいいか。

その後も多種多様な動物たちを見て回り、桜咲はどの動物にも興味津々だった。

桜咲の楽しそうな笑顔を見ていると、動物園に来て良かったと思える。

俺が、次どうする、と訊《たず》ねると、桜咲は足を止めてスマホを開いた。

「ねぇ、そろそろお昼にしない？」

時間を忘れて楽しんでいたからか、とっくに十二時を過ぎていたことに今気づいた。

「ああ、確かにもうそんな時間か」

「あのね、関原くん」

桜咲は肩に下げたバッグの中から、両手サイズの包みを取り出してこちらに差し出してくる。

「じゃーん、今日はお弁当作ってきたんだよっ」

「おお。そういえば、前に料理できるって言ってたもんな」

「うんっ、あそこの休憩所のテーブルで食べよっ？」

桜咲の手作り弁当か。

そういえば牛丼屋に行った時、お母さんの料理が凄い美味《おい》しいって言ってたし、そのお母さんから指導を受けたなら、楽しみだな。

俺たちは休憩所に入って、昼食にする。

「はいこれっ。わたしの手作り弁当だよ？」

俺は桜咲から渡された弁当箱を開く。

桜咲の弁当は彩りも、栄養のバランスも、とてもよく考えられていた。

「料理の腕は関原くんほどじゃないけど。良ければ食べてみて……？」

「いやいや！　色合いの豊富さとか栄養のバランスとか俺より全然上手にできてるだろ」

「そう、かな？　えへへ……」

「ああ。じゃあ早速いただきま」


食べた。はずだった――。


あ……ありのまま今起こったことを話す。

俺は桜咲の前で弁当を食っていたと思ったら、いつの間にかこれは弁当じゃなくなっていた。

な……何を言っているのか分からないと思うが、俺も何をされたのか分からなかった……。

頭がどうにかなりそうだった……。

料理下手とかメシマズだとかそんなチャチなもんじゃあ断じてない。

もっと恐ろしいものの片鱗《へんりん》を味わった……。


「閑原《ひまはら》くんどうしたの？　美味しい？」

「あぁ……お、美味しー、ぞ」

なんでだ？　色合いも形も完璧なのに……どうして味だけが……。

「良かったぁ。早起きして作った甲斐《かい》があったよ」

桜咲が、早起きして……。

それを聞いた瞬間、俺は覚悟を決めた。

全部、く、食うしかないだろ……。

俺は何度も意識が飛びそうになったが、ちゃんと完食した。

☆☆

衝撃の昼食が終わり、げっそりしながら歩く俺は、上がり続ける桜咲のテンションについていくので精一杯だった。

「ねぇ！　ペンギンさんだよっ！」

「そ、そうだな」

あの弁当が衝撃的すぎて、今は動物どころじゃない。

それにしても、段々人が増えてきたな。

「なぁ、桜咲。そろそろ人が増えてきたしヤバイかもしれない」

「あ、それもそうだね。……もう最後かぁ」

「こればっかりは仕方ない。な、最後はどこ行きたい？」

昼過ぎに人が増えてきたら早々に帰ることは事前に決めていたが、早くも混み始めていた。

「じゃあ、最後はお土産屋さんっ」

「分かった。土産屋だな」

俺と桜咲は土産物が置いてある店の中に入った。

店内はまだそこまで人はいなかったので、ある意味良かったと言える。

「ねぇ、関原くん……その」

「どうした？」

「これ、お揃《そろ》いで買いたいなって」

桜咲《さくらざき》は絵柄の違う二つのパンダのキーホルダーを手に取って見せる。

二つのキーホルダーを重ねると、二頭のパンダが寄り添った絵ができあがるキーホルダーだった。

「へえ、凝った作りしてるな」

「でしょでしょー？」

俺はその二つのキーホルダーをレジに通して、桜咲のもとに戻った。

「それで、これってどっちがメスなんだ？」

「多分こっちだと思う」

「じゃあ、桜咲にはこっちを」

俺はメスの方のキーホルダーを桜咲に手渡す。

「……ありがと。閑原くん」

「いいって。それより早く出た方がいいな」

「う、うん」

店を出て、俺と桜咲はそのまま道沿いを歩いて、動物園を出た。

☆
☆

動物園から出ると、関原くんはわたしと繋《つな》いでいた手をゆっくり離す。

「ふぅ、なんとかバレなかったな」

「わたしの変装のおかげだよねー」

「ま、まぁな……」

関原くんは微妙な反応を見せる。

もうっ、関原くんったらこんなに頑張って変装したわたしの苦労が分かってないんだから。

「ねね、それより次はどこ行く？」

わたしが当然のようにそう聞くと、関原くんは顎に手を当てて考え込んだ。

「桜咲、早いけど今日はここまでだな」

「……え？」

わたしはつい間の抜けた返事をしてしまう。

「え、でも、まだ時間あるしどっかに行こうよ？」

「ダメだ。日曜のこの時間帯じゃ、どこも混んでるしリスクが高い」

「で、でも！」

「ダメだ」

関原くんは一向に意見を曲げず、断られてしまう。

そりゃ、関原くんの気持ちも分かる。

動物園にいた時から、それとなく関原くんは周りの目を気にしていたし、わたしが楽しむ傍らでチラチラ周りを確認していた。

日曜日ということもあり、今日の上野は朝から人が多く、関原くんの言うように、何かの拍子にわたしの変装が乱れたりしたら一瞬でバレてしまうリスクが高い。

でも……そんなのがどうでもいいくらい、わたしは関原くんと……もっと遊びたくて。

せっかくの休日を、関原くんともっと……。

「桜咲、あのな」

「関原くんは！……わたしと、もう少し長くいたくないの？」

「……それは」

関原くんは目を逸《そ》らす。

「わたしはまだ、関原くんといたいよ……」

必死に、自分の気持ちを訴えかける。

しかし関原くんは変わらず難しい顔をして「……ダメだ」と意見を曲げなかった。

これまで関原くんは、どんなワガママも聞いてくれたから、急に関原くんから断られてしまったショックが大きくて、泣きそうなほど辛《つら》くなってしまう。

「桜咲」

わたしが泣きそうになった時、関原くんがわたしの肩に手を置いてゆっくり話し始めた。

「俺がどうしてこんなに慎重になるか分かるか？」

「………………」

いじけて無言でいると、関原くんはため息を吐《つ》いた。

「俺も……お前ともっと一緒にいたいんだよ」

「……え？」

「お前と遊んでるこの時間は、一人の時の何倍も楽しい。でももし、こんな所で変な噂《うわさ》が立ったらその時が最後だろ？　そうなれば俺たちは二度と会えなくなる」

「そうかもしれないけど……」

「俺は大事にしたいんだ。お前との時間を……」

そう言われて、わたしは自分勝手になってしまっていたことを自覚する。

関原くんは、わたし以上にわたしのことを大切に思ってくれている。

もちろん、自分のプライバシーを守る意味合いもあるだろうけど、これからもわたしと遊びたいって言ってくれた。

それだけでも、嬉《うれ》しい。

わたしは小さく頷《うなず》いて、彼の言葉に応えた。

「分かってくれたか……桜咲は偉いな」

感情が暴走しそうになっていたわたしを、閑原くんは抑えてくれて、その上わたしを褒めてくれる……。

「……閑原くん。ワガママ言ってごめん」

感極まって、つい泣きそうになりながら、わたしは閑原くんの服の袖を摑《つか》んだ。

「すぐ泣くなって」

「うん」

楽しい時間はすぐ終わってしまう。

こんなにもそれを感じたのは初めてのことだった。

今日は短い時間だったけど、閑原くんと一緒に動物園を見て回れて心から楽しかった。

「閑原くん……」

「桜咲、またな」

「……うん、また」

寂しいけど、閑原くんの心遣いには感謝しなければならない。

「桜咲っ」

不意に閑原くんから呼び止められる。

何だろうと思って、わたしは首を傾《かし》げた。

「……今夜、電話してもいいか？」

「電話？」

「あ、やっぱ忙しいか？」

「ううん！　したい！　帰ったらすぐ電話する！」

わたしはいつもの笑顔で返事をする。

関原くんの方から電話したいなんて、初めてだ。

電車に乗りながら、早く電話したいという気持ちになりながら、家路に就いた。

関原くんがあんなにわたしのこと考えてくれてたなんて、思ってもみなかったなぁ。

いつもはあんなダルそうにしてるくせに、内心、楽しんでくれてたなんて……関原くんったら、ツンデレさんなんだから。

家に帰り、着替えをしながら今日を振り返る。

関原くんと動物を見て回ったり、身体《からだ》を持ち上げてもらったり……あとお弁当も食べてもらえた。

また関原くんにお弁当作ってあげたいなぁ。

今度お昼に持っていってあげたら喜んでくれるかな？

「あら菜子《なこ》。帰ったの？」

あれこれ考えていると、いつの間にか部屋に入ってきたお母さんに呼ばれて、我に返る。

「えっ……あ、うん」

「お友達と遊んできたのでしょう？」

「……う、うん」

お母さんは何かを悟ったような顔でさらに距離を詰めてくる。

「身体に悪いものは、食べてないわね？」

「お弁当持って行ったから、食べてないよ」

「そう。じゃあ、もう一つ」

お母さんはわたしの髪を撫《な》でると、人差し指を立てながらそう言った。

「どうしてもう帰ってきたの？　せっかくのお休みなんだから、もう少し長い時間遊んでも良かったんじゃない？」

「そ、それは……日曜だし、人混みはわたしにとって危険だからって、友達が気を遣ってくれて」

「そう……」

お母さんは撫でる手を止め、踵《きびす》を返して部屋を出た。

「……そのお友達、大切にしなさい。あなたの事情を優先して行動を共にしてくれる人なんて、なかなかいないわよ」

「だっ、大丈夫だよ！　もう大事な人だから……」

「……楽しみにしてるわ」

「楽しみにって？」

「ふふっ、なんでもないわ」

お母さんは意味有りげにそう言い残して行ってしまった。

お母さん、何が言いたかったんだろ。

第六章　現役ＪＫアイドルさんは海鮮に興味があるらしい。

七月に入り、一学期を締め括《くく》る期末テストまで残り一週間を切った。

夏休みの補習を受けたくない生徒たちの尻にも火が付き、普段は騒がしい教室内も最近は英単語や数学の公式があちこちで飛び交うようになって、テスト勉強ムードに包まれていた。

この高校は曲がりなりにも進学校で、運動部だろうが何だろうが、赤点のラインは下げないから、七海沢《ななみさわ》も苦労しており……。

「ねーここの問題、公式入れても、この答えにならないんだけどっ」

シャーペンを上唇に載せながらいじける七海沢。

ここ最近、休み時間は全て七海沢の勉強に付き合わされていたと言っても過言ではない。

七海沢は相変わらず成績が悪く、中間の時も赤点ラインをなんとかギリギリ超えるくらいで、順位はケツから数えた方が早いくらい低い。

まあテストの下位は運動部が大半を占めているので、仕方ないのかもしれないが。

七海沢のような運動部たちも苦労する中、普段から多忙でなかなか勉強ができない桜咲《さくらざき》はどうしているのかというと——。

『閑原《ひまはら》くーん、ちょっとでいいから休もうよぉ』

スマホから聞こえてくる情けない声。

「まだ始めて十分も経《た》ってないだろ」

『そうだけど……つまんなくなってきたし』

声だけでも分かるくらいいじける桜咲。

深夜十時。いつもこの時間になると、桜咲から電話がかかってきて勉強会が始まる。

二週間前に、桜咲から勉強を教えて欲しいとお願いされ、ちょうど俺もこの時間帯は勉強をしているので、一緒にやることになった。

勉強会と言っても、俺がほぼ教える側なので、(桜咲に) 勉強 (を教える) 会というのが正式名称だと言っておこう。

しかしながら、桜咲はいつもおしゃべりに脱線しようとするので、教師側としてここは心を鬼にしなければならない。

「勉強できる時間は限られてるんだから、集中しろ」

『むう……閑原くん厳しい』

「お前がこうするように頼んできたんだろ」

『それは、そう……だけど』

桜咲は露骨にしょんぼりとした声を出す。

まあ最近は、電話する度に勉強勉強だったし、勉強が好きじゃない桜咲が嫌になっても仕方ないか。

あんまり勉強を強要しすぎても可哀想《かわいそう》だな。

「よし、分かった。今日は勉強休みにしよう。最近根《こん》詰めすぎてたし」

『え、ほんとに?! やったーっ！ ならお話しよー！ わたしね、テストが終わってから行きたい所があって——』

桜咲の声に明るさが戻ってきた。

飴《あめ》とムチは上手に使わないとな。

普段から、桜咲と電話している時は、会話というより桜咲のマシンガントークを聞いて、俺が頷いているだけなのだが、それでも桜咲はいつも満足そうだ。

その夜は溜《た》まりに溜まってた桜咲の話したい欲が一気に解放され、二時間くらい電話していた。

☆☆

期末テスト前日。

今日も桜咲から電話がかかってくる。

「やっほー関原くんっ。一緒に復習しよー」

「お、おう」

テスト前日なので、軽く全体の復習を済ませると、そこからは雑談が始まった。

『そういえば関原くんはさ、夏休みに何か予定あったりする?』

「予定? 特にないが」

『家族旅行とかは行かないの?』

「あーないない。叔母が仕事の都合上、夏休みとか関係なく働きっぱなしだからさ」

仕事熱心の道子《みちこ》さんは、俺と暮らす前から自分の会社を経営しており、ほとんど休みなしで働いているから、昔から旅行なんてしたことがなかった。

道子さんが忙しい分、家事は小学生の頃から俺が頑張っている。

少しでも道子さんの力になれていればいいのだが……。

「桜咲はどうなんだ? 八月に入ったらまた忙しくなるんだろ?」

『うん。今度ラズホイサマーライブっていうまた大きなライブがあって……それが終わったらお休み取れそうかなぁ……』

「へえ。ちゃんと休みが取れるなら良かったな」

きっと家族で旅行でもするのだろう。

そういった普通の家族の形が、少し羨ましかったりもする。

『お休み、取れそうなんだけどなぁ』

「ん？……お、おう」

『お休み！　取れそうなんだけどなぁー！』

なぜ三回言った……？

そんなに休みが楽しみなのか？

『……関原くん、自分の胸に手を当てて考えてみて』

「はぁ？」

『いいから！』

俺は言われた通りに胸に手を当てる。

一体これに何の意味が……？

『いい？　わたし・お休み・取れそう』

「なんだその検索のサジェストみたいなのは」

『わたし！　お休み！　取れそう！』

「……は？」

『もういいっ！　関原くんのおばか！』

桜咲は『ふんっ』と拗《す》ねてしまう。

「よ、よく分からんが……もし休みの日に予定がないなら、どっか行くか？」

『遅い！』

「なにがだよ！」

今日の桜咲はやけに荒ぶっていた。

荒ぶる桜咲は置いておいて、どこへ行くか考えないとな……。

「桜咲はどこか行きたい場所とかあるか？」

『わたし海鮮食べたい！』

「どうした急に」

『海の幸がたっくさん載った贅沢《ぜいたく》な海鮮丼っ食べたいっ！』

また食い物……だが、海鮮丼は確かに食べたいな。

「じゃあ海鮮丼の美味《うま》い店にでも——」

『せっかくだから北海道へ行こう！』

「んなの無理に決まってんだろっ」

『ええー！　北海道行きたいー！　海鮮ー！』

海鮮食いたいから北海道とか……売れっ子アイドルは言うことが違うな。

「美味い海鮮なら、北海道に行かなくても堪能できる場所は東京にもあると思うぞ？」

『え？　東京にも？　行きたい！』

「分かった。じゃあまた調べておくから、明日《あした》のテストと次のライブも頑張れよ？」

『うん！』

こうして俺たちは夏休みの約束を交わし、期末テストに臨むのであった。

☆☆

静閑とした教室に、カリカリとシャーペンを走らせる音が聞こえる。

二日に渡る期末テストもこのテストが最後。

期末テスト最後の教科は現代社会だった。

「やめっ！」

テスト終了を告げる監督官の一言で、クラス中の緊張の糸が切れ、騒がしくなる。

やっと……終わった。

桜咲の方を見ると、自信に満ち満ちた顔をしていた。

どうやら大丈夫だったみたいだな。

帰りのＨＲが終わり、桜咲と待ち合わせする、いつもの空き地へ向かって歩き出す。

今回のテストは名前の記入漏れはなかったはず……もう同じ失敗を繰り返すわけにはいかない。

俺は桜咲との待ち合わせ場所に向かいながらも、頭の中はテストがどうだったかでいっぱいだった。

何度も確認したから、ケアレスミスもなかったと思うし、なかなかの高得点が見込めると思いたい。

先に待ち合わせの空き地に到着して、スマホをいじっていたら、突然誰かに背中から飛びつかれる。

「ひっまはらくんっ」

振り返ると、俺の背中に頭を擦《こす》り付ける桜咲のサイドテールがそこにあった。

「おお、桜咲か」

「やぁっとテスト終わったね？」

「だな。感触はどうだ？」

「めっちゃできたと思う！　あんなにテスト勉強したの初めてだったから、余裕に解けすぎて逆に困惑しちゃった」

「頑張ってたもんな」

「えへへー」

桜咲は俺の隣に並んで歩き出す。

「閑原くん、ありがとね」

「別にたいしたことはしてないぞ」

「ううん、関原くんのおかげだもん。わたしが脱線した時は厳しくしてくれたし、わたしが頑張れるように優しく教えてくれたし……何より関原くんだったから、わたしも頑張れたというか」

「そっか……それなら俺も、教えた甲斐《かい》があったよ。結果出るのが楽しみだな」

「うん！」

今日は桜咲《さくらざき》がこの後ボイストレーニングがあるらしいので、寄り道はしなかった。

お互いに学校内では顔を合わせて話すことはできないし、会って話ができただけでも意味があったような気がする。

「じゃあね、関原くん」

「あぁ、頑張れよ」

いつもとは違う駅で、俺と桜咲は別れる。

すると、別れてすぐに、桜咲から lime が入った。

内容は『今夜電話してもいい？』という確認メッセージだった。

わざわざ lime してこなくてもさっき聞けばよかったのに、と思いながら『大丈夫だ』と返信した。

さてと、真《ま》っ直《す》ぐ家に帰ろう。

今日は金曜日なのだが、この前のライブチケットで懐が寂しくなった俺は、節約のために牛丼を我慢している。

　夏休みは道子さんの会社で雑用をして稼ぐしかないな……って、あれは。

「あれー、航《こう》くん？」

「道子さん」

　ちょうど帰り道で、買い物袋を両手に持った叔母の道子さんと鉢合わせた。

　スーツ姿の道子さんはヒールをコツコツ鳴らしながらこっちに歩み寄る。

「今日は早めだね、仕事はもういいの？」

「金曜だから早めに切り上げてきたのよ」

「そっか……袋持つよ」

　俺は道子さんからパンパンの買い物袋を受け取った。

「ありがと航くん……。今日は玉ねぎとひき肉あるから、ハンバーグがいいなぁ」

「は、ハンバーグ……また面倒な」

「チーズも入れてね」

「手間増やさないでよ」

　道子さんは俺を揶揄《からか》いながら、子どもみたいに無邪気な笑顔を見せるのだった。

☆☆

テストが終わったことで、久々に勉強をしない土日を過ごす。

せっかくの休日……なのだが、節約をしなければならない俺は、途中になっていた小説を読んだり、暇つぶし用に入れたソシャゲをやったりしていたが、いまいちピンと来ない。

桜咲と出会ってからというもの、俺は中身の濃い暇つぶしをしすぎているような気がする。

だからこうして、一人の日常に戻ると、若干の物足りなさを感じてしまうのだ。

そんなことをボーッと考えながら寝転んでいると、俺のスマホに電話がかかってきた。

『閑原《ひまはら》くん起きてたー？』

「……休日に俺が寝てる前提で話をするな」

『えへへ。それはそれとして、明日のお昼の情報番組にわたし出演するから観《み》てねー』

「情報番組……？　お前政治とか分かるのか？」

『アイドルに政治は求められてないから！　わたしが出るのはコスメ紹介のコーナーっ！

普通に考えたら分かるでしょ』

「へぇ……分かった。観ておくよ」

明日の昼……か。

もし忘れたら桜咲からガミガミ言われそうだし、一応録画しておくか。

『そうだ、もう一つ言いたいことあったんだけどっ』

「なんだ？　言いたいことって」

『――閑原くん、勝負しない？』


勝負……だと？

『来週の月曜日、テストの結果が出るでしょ？』

「そうだな」

『もしそれでわたしが一教科でも閑原くんに勝ってたら、わたしのお願いなんでも一つ聞くってのはどう？』

「……いやいや、それは流石《さすが》に無理だろ」

『無理じゃないもん！　絶対勝てるもん！』

きっと、自己採点して絶対負けない自信のある教科でもあったのだろう。

桜咲はすぐに増長するところがあるからな……間違いない。

「よっぽど好感触の教科でもあるのか？」

『それは、ナイショ』

と、桜咲ははぐらかす。

どうせ自信があるのは記憶教科とかだろう。

『それで、この勝負受けてくれる？』

テストは終わってるし、もう結果を変えることはできないが……なかなか面白そうだな。

「分かった。その勝負受けてやるが……その前に、お前が勝った時には何を要求するんだ？」

『え⁉』

「仮に俺が負けたらなんでも一つお願いを聞かないといけないんだろ？　その内容を教えてもらわないと、この勝負は受けられないな」

『そ、そんな！』

桜咲は少し悩んだ後に『しょ、しょうがないなぁ』と言って話し始める。

『あー、頭を、その』

「頭？」

『頭を……撫《な》でながら、いっぱい褒めて欲しい、かな』

桜咲はそう呟《つぶや》くと『閑原くんが嫌なら変えるけど！』と付け足す。

「お前、本当にそれでいいのか？　なんでも言うこと聞いてやるってのに勿体《もったい》ないだろ」

『ひっ、閑原くんにはこの気持ち一生分かんないから！』

まあ、桜咲がそれでいいなら別に文句はないが。

『じゃあ勝負は月曜ね！　絶対負けてないから』

そう言って桜咲は電話を切った。

桜咲の自信の裏にあるものとは一体何なのか。

☆☆

月曜日、テストの結果が紙で渡された。

俺の結果は学年全体で十二位。

帰宅部の暇人なんだから、せめて勉強くらいはできないと顔が立たないし、良い順位だ。

記憶教科の満点を含め、全教科九十点以上を取ったが、この中のどれかに桜咲の点の方が高い教科があったら俺の負け……。

桜咲は余裕の笑みを浮かべながらこちらを見てくる。

まさか……俺の負けなのか。

全てはいつもの待ち合わせ場所に行くまで分からない。

放課後になり、俺は待ち合わせ場所の空き地に向かう。

正直、負けたところで痛くも痒《かゆ》くもないが、負けという事実がなんとなく悔しい。

俺が空き地に来ると、既に桜咲がテスト結果の紙を持ち、余裕の面持ちで腕組みしながら待っていた。

「関原くん。残念だけどわたしの勝ちは決まってるから」

「なんでさっきからそんな自信あるんだよ」

今までに類を見ないくらいの桜咲のドヤ顔にイラッとくる。

「とりあえず公園のベンチまで行こっか」

少し歩いた先にある、前に雨宿りした公園のベンチに座って向かい合う。

桜咲のやつ、かなり自信があるみたいだな。

「さあ関原くんもテストの結果表出して」

桜咲に促されて、俺も鞄《かばん》からテスト結果表を取り出す。

「じゃあ……せーのっ」

桜咲のその合図でお互いの紙を見せ合った。

「「え……」」

俺は、桜咲が余裕をかましてた理由がやっと分かった。

「現社百点なのって、わたしだけじゃなかったの?!」

そう、彼女はどうやら現代社会のテストで百点を取ったのが自分だけだと勘違いしていたらしい。

「そりゃそうだろ。多分あの問題なら俺たち以外にも百点取ったやつがいただろうな」

「え、えぇー！　じゃあ、まさか……」

「現社は引き分けだし、他の教科で俺に勝ったのがないから、俺の勝ちだが……」

桜咲はその場に崩れ落ちる。

どうやら桜咲は、現社以外は八十から七十点だった。

「わ、わたしの負け……」

そこまで悔しがらなくてもいいだろ。

「……むぅ。じゃあはいっ。勝ったから、わたしの写真集あげる」

「は？　写真集？」

桜咲は鞄から自分の1st写真集を取り出すと、俺に手渡した。

「俺が勝ったからって、これをお前から貰《もら》う理由が分からないんだが」

「わたしに勝った報酬！　よく考えたら、関原くんが勝った時のことを決めてなかったから、わたしが負けた時のために、あげようと思って持ってきたの！」

だからって、自分の写真集を報酬にするか、普通？

桜咲《さくらざき》から渡された写真集の表紙には、ガーリーな服を着て桜の花びらを手のひらで受け止める桜咲が写っていた。

「表紙の裏にはわたしのサイン書いておいたから」

「サイン？」

表紙の裏を確認すると、確かに桜咲のサインが書かれていた。

桜の花びらの中にＮＡＫＯと書かれたサイン――それもその下には【関原航くんへ♡】と書かれていた。

もし俺が負けていた時、この報酬とやらはどうなっていたのか見てみたいものだが……。

「大切にしてよね！」

「お、おう……」

桜咲は、律儀にも自分が負けた時の報酬まで用意してくれていたのか……。

勝負はどうあれ、あれだけ毎日頑張ってたし……現社も引き分けだったから桜咲の願いを叶《かな》えてやるか。

「桜咲、ちょっとこっち寄れ」

「はぁ……？　なんでー？」

テンションだだ下がりの桜咲は力なく俺との距離を詰める。

俺は隣に座った桜咲の髪に手を伸ばした。

「忙しいのに、よく頑張ったな」

「……っっっ！」

桜咲は何も言わずに、頭を撫でる俺の手に応じていた。

そして、次第にリスみたいに頬を膨らませると、目で怒りを訴えてくる。

なんで怒ってんだ。

「が、頑張ったんだからもっと！」

「態度がデカいな」

「うるさい！　関原くんのば、バカッ」

「今さっき、お前よりはバカじゃないことが証明されたのだが？」

「じゃ、じゃあえっと……関原くんのへ、変態！」

「なんでそうなる」

「き、きっとわたしの写真集で変なことするし！」

「これはお前が一方的に渡してきたんだろうが！　それならお前も変態だろ」

「む、むぅ……じゃあ、えっと……」

桜咲は必死に俺の悪口を探しているようだが、なかなか出てこないようだった。

【帰宅部の暇人】とか、俺に相応《ふさわ》しいのは山ほどあると思うのだが。

「ひっ、関原くんの……甘やかし屋さん！」

「あ、甘やかし屋？」

「わたしのこと、すぐ甘やかすから……」

「それのどこが皮肉なんだ？」

「そ、それは……もー！　やっぱり閑原《ひまはら》くんのばかっ！」

悪口を言うのが苦手なところが、桜咲らしいと思った。

その後も、桜咲が満足するまで撫でさせられ、やっと解放された時には腕が攣《つ》りそうだった。

こりゃ明日《あした》には右腕だけ筋肉痛になってそうだな。

「ねえ、さっきあげた写真集ここで見てよ」

「写真集を？　嫌だが……」

「いいじゃんっ！　閑原くんがどんな顔でわたしの写真集見るのか、わたし気になるもんっ」

写真集を見る俺を揶揄《からか》いたいとか、ちょっとウザいな……。

「ねーはやくはやくー」

「わ、分かったよ」

俺は渋々桜咲から貰った写真集を開く。

序盤は、森ガールファッションで自然の中を遊び回る桜咲の姿が、写真に収められていた。

「……へえ」

「もっと分かりやすい反応してよー」

「分かりやすい反応ってなんだよ」

「うほー！　可愛《かわい》すぎるー！　とか」

「そんなのファンでも言わんだろ」

「言うもん！　絶対ファンなら言ってくれてる！　ほらほら、次の海のやつなら閑原くんも大興奮だと思うよっ」

「海ぃ？」

中盤からは、森を抜け出し、今度は白のワンピースと麦わら帽子で海沿いを散歩している桜咲の写真に変わり、その次のページでは水着姿で浜辺の上を走り回っていた。

「お前って、どこにいてもはしゃいでるけど、もう少しムーディーな雰囲気の写真はないのか？」

「あ、あるよ！　ほら、最後の方の写真とか」

最後の方は夜の街を歩いてショッピングをする桜咲で、カメラとかなり近い距離の写真が多かった。

「見てこれ、ガチ恋距離だよ〜？　わたし、この写真気に入ってるんだぁ」

「へぇ……」

「ときめいちゃった？」

「でもこれ……近づいて撮っただけだよな？」

「そういうものなのっ！」

一通り見終わったが、確かに写真はとても上手に撮れていたと思う。

森とか海とかの風景も綺麗《きれい》だったし。

「せっかくわたしがプレゼントしてあげたんだから、毎日見ること！　あ、神棚に置いてもいいよ？」

「バチが当たるだろ」

「じゃあ勉強机に置いて勉強の前に眺めること！　分かった？」

「ええ……」

桜咲が何を考えているのか理解に苦しむが……まあ、大切に保管しておくとしよう。

テスト結果の話が終わり、桜咲は何かを思い出したかのように、そうだ、と呟《つぶや》いた。

「来週ね、この前話したラズホイのサマーライブがあって、その準備で忙しくなるから、わたしは今日が一学期最後の日になると思うの」

「そうか。なら、今日は力がつくものでも食べに行くか？」

「行きたいっ！」

食べ物の話になると凄《すご》い反応速度だなこいつ。

その後、近くの串カツ屋に寄ることが決まり、俺たちは公園を後にした。

「それでそのサマーライブ？ってやつはまた観《み》た方がいいのか？　ネットでも観られるなら、また買うけど」

「つ、次のライブは他の子がメインの曲多めだから大丈夫！ってか閑原くんは観ちゃダメ！」

「み、観ちゃダメって……まあ、お前が観なくていいって言うなら観ないけど」

自分が脇役に回る姿を俺に観られるのは、センターとしてのプライドが許さないのだろうか？

「他の……ガチ恋に……困るし」

「ん？　何か言ったか？」

「なっ、なんでもない！」

☆☆

――サマーライブ当日。

毎度のことながら、わたしは本番前の緊張で手が震えている。

リハの時にミスしちゃったし、大丈夫かな……。

リハから一度、楽屋へと戻る際、わたしは緊張で周りが見えなくなっていた。

すると、メンバーの水無月《みなづき》さんと雪道《ゆきみち》さんがわたしを気にかけてくれた。

「ナーコ、大丈夫デスカ？」

片言の日本語で心配してくれる雪道さん。

「もしかしてリハの時のこと気にしてる？」

水無月さんはわたしの頬を両手で包み込みながら、わたしの顔色を確認する。

「はい……リハでミスしたところを失敗するのが、ちょっと怖くて」

わたし以外のメンバーは明るく振る舞っているけど、わたしだけ重苦しい空気の中にいた。

「まーた菜子《なこ》ちん、緊張してるんかー？」

わたしの頭を撫《な》でながら、リーダーの朝霞《あさか》さんが声をかけてくれる。

「私たちも一緒だし、大丈夫だら？」

メンバーの中で一番歳上《としうえ》の翠川《みどりかわ》さんも、心配して来てくれた。

「す、すみません。心配かけちゃって」

……その時、机の上に置いておいたスマホが光る。

lime の通知？

誰からか確認すると、関原くんからの lime だった。

『関原くん：応援してるぞ。いつも通りのお前で頑張れ』


自然と笑みが溢《あふ》れる。

こんな時に lime を送ってくれるなんて……。

わたしの手の震えが一瞬で止まった。

関原くんの lime は、わたしに勇気を与えてくれた。

普段は面倒くさがりなのに、わざわざこんな lime を送ってくれて……なんか嬉《うれ》しいな。

「おやおや～？　これって菜子ちんの……アレ、だよね？」

朝霞さんが小指を立てて笑う。

「そーだら、そーだら」

「ナーコのカレピってヤツデスカ？」

「ふふっ。良かったわね、菜子」

「ちっ、違いますから！」

……ありがとう、関原くん。

やっぱりわたしは君に助けられてばっかりだ。

「さてと。菜子ちんも元気出たみたいだし……みんな、行こうっ！」

「「「はい！」」」

☆☆

桜咲《さくらざき》のライブ、そろそろ終わった頃か？

晩飯の支度をしながらスマホを開くと、ちょうど桜咲からlimeが来ていた。

『桜咲：打ち上げしてまーす』

という文と共に、笑顔のスタンプと楽屋らしき場所でラズベリー・ホイップのメンバーたちと楽しそうに食事をしている写真が送られてきた。

アイドルたちのプライベートな写真を一般男子高校生の俺が貰《もら》っていいのか些《いささ》か不安だが……何はともあれ、ライブが無事終わったようで安心した。

となると、次の休みには桜咲のリクエスト通りに海鮮を食べに行くことになるのだが……。

俺は晩飯の支度をしながら、海鮮を食べに行くならどの店がいいのか考える。

前に電話で桜咲に、東京でも美味《うま》い海鮮を堪能できると言った手前、そこら辺のチェーン店じゃ、いくら桜咲でも不満そうな顔をするだろうし、かと言って高い店に行くのも違うような……。

北海道に行かなくても美味い海鮮を堪能できる場所……か。

アメ横とかで海鮮を買って、家で俺が調理する……というのも悪くないが、アイドルの桜咲菜子を家に連れ込んで、もし道子《みちこ》さんと鉢合わせしたら、道子さんが驚いて腰を抜かしてしまうかもしれない。

桜咲を見た瞬間に魂が抜ける道子さんの様子が目に浮かぶ。

「どうすっかなぁ……」

「どしたのぉ、航《こう》くん？」

俺が悩んでいると、リビングで寝ていた休日スタイルの道子さんが声をかけてくる。

「友達と……海鮮食いに行くんだけど店が決まってなくてさ」

「ふーん、なら市場まで行っちゃったら？」

「市場？」

「マグロ好きな航くんのために、小さい頃よく連れてってあげたでしょ？　今はもう豊洲《とよす》に移転しちゃったけどさ」

「豊洲……そうか、その手があったか」

どうせ海鮮を食うならわざわざ店に行かなくても、海鮮そのものが集まる場所に行けばいいじゃないか。

こうして、行き先が決まったのだった。

☆☆

桜咲のライブが終わった翌週。

やっと桜咲が休みを取れたので、約束通り海鮮を食べに行くことに。

俺はいつも通り、一時間前に待ち合わせ場所に向かったのだが——。

「閑原《ひまはら》くーん今日はお寝坊さんだったね？」

「いやいや……まだ待ち合わせの一時間も前なんだぞ」

相変わらず桜咲は俺より早く待ち合わせ場所に来ていた。

身バレ防止のために毎回髪型を変えてくる桜咲だが、今日は縛る位置をいつものサイドから、後ろに束ねたポニーテールにしており、服装も白のカットソーとちょっと幼めに映る白のジャンパースカートという、桜咲のイメージカラーをあえて外したコーデをしていた。

「リクエスト通り、美味《おい》しい海鮮が食べられるって聞いたけど、まさか市場まで来ちゃうなんてね？」

俺たちの前にあるのは、東京お台場《だいば》の隣にどっしりと構えた巨大な豊洲市場。

漁業の卸売市場として稼働しながらも、飲食や物販も充実しており一般観光客も楽しめるようになっている。

「ほら、閑原くんもこっち向いてー」

『豊洲市場』の看板の前で、桜咲の自撮りに付き合わされる俺。

「もっと笑顔でっ」

「はいはい」

なぜ女子はこうも写真を撮りたがるのか……。

自撮りが終わったら早速、豊洲市場に入る。

天気も良好で、外国人観光客も多く来ていた。

「ここって築地《つきじ》から移転してきたんだよね？」

「そうだ。数年前に築地から豊洲に移転された最大級の市場。この豊洲市場は、俺たちが今歩いてるこの連絡通路を介して四つの棟が繋《つな》がってる」

「へぇ。じゃあここでお魚の取り引きが見られるの？」

「競り自体は早朝に来ないと見られないが、この先には……」

水産卸売場棟に入ると、窓越しに競りの会場を見られるデッキがあった。

「こうやって、会場はいつでも見ることができるみたいだ」

「広ーい！　ここでライブもできそう！」

桜咲はデッキから競りの会場を見下ろす。

「ん？　関原くんこれは？　手やりって書いてあるけど」

桜咲は近くにあった手やりの仕方が解説されたボードを指差す。

「これは『手やり』と言って、競りを行う際に買う量とか品の値段とかを売り手に伝えるためにあるんだ」

「へー！　ハンドシグナルみたいなものなのかな？……そうだ、関原くんちょっと見てて」

「？」

桜咲は手やりの看板を見ながら見様見真似《みようみまね》で何かを伝えようとしてくる。

えっと……？　8、1、5？

「……ん？」

815……って、なんの数字だ？

「関原くん、楽しみにしてるからっ」

「？？？」

やばい、意味が分からん。

「えへへ……」

桜咲は一人でニヤけていた。

☆☆

次に、さっきの水産卸売場棟の隣にある管理施設棟三階へやってきた。

管理施設棟三階には飲食店が並び、たくさんの観光客で賑《にぎ》わっている。

「わぁー！　お寿司屋《すしや》さんがいっぱいあるよ、閑原くん！」

目を輝かせて、はしゃぐ桜咲。

海鮮を楽しみにしていただけあって、凄《すご》い嬉しそうだな。

「今日はね！　たくさん食べるんじゃなくて美味しいものを堪能しに来たの」

「へぇ、珍しいこと言うじゃないか」

「やっぱりグルメな人っていうのは量を重視してばかりじゃダメだと思う」

急にグルメを語り出したな。

でもまあ、どの店も本格派ばかりでそれなりに値が張るようだし、いつもの桜咲の調子に合わせてたら、俺の財布が跡形もなくなってしまう。だから、こちらとしてもありがたい。

「決めたっ、この店を選びますっ！」

桜咲が選んだのは丼もの専門店で、メニューの品はどれも溢れんばかりの海鮮が載ってている。

「……おお。がっつりボリューム重視してきたな。さっきのグルメ発言は何だったのか」

「いいの！　美味しい海鮮があって、量が一番多いものを選ぶ、それがグルメ」

それはただの大食いだと思うが……でもいい所に目付けたな。

この店はこれだけの海鮮を味わえて、さらに量もあるからコスパもいい。よし、ここにしよう。

店に入り、案内されたテーブル席に桜咲と向かい合って座ると、桜咲はすぐにメニューに釘付《くぎづ》けになっていた。

「どーしよーかなぁ」

改めて見ると凄いなこの海鮮丼。

米が全く見えないくらいに海鮮が載っていて、かなり食べ応えがありそうだ。

「じゃあわたしサーモン・いくら・まぐろ丼で」

「決めるの早いな」

「関原くんは？」

店員が茶を持ってきたタイミングで注文を済ませる桜咲。

「えっと、じゃあ俺は……うに・いくら・まぐろ丼で」

「かしこまりましたー」

まぐろオンリーも捨て難かったが、せっかくだから色々食べてみたいし、何より俺の好きなうにが入っているのだ。

「関原くん、なんかテンション高いね？」

「そう見えるか？」

「うん、いつもより楽しそう」

普段はあまり顔に出さないが、今日ばかりは出ていたようだ。

「豊洲は初めて来たからテンションが上がってるんだと思う。ある程度の情報はテレビで観《み》たり、ネットで調べたりしてたから知ってたけど、実際に来てみると全然スケールが違ったから楽しいんだよ」

「そっか、それなら良かった。前からね、わたしばっかり楽しんじゃって関原くんに申し訳ないと思ってたから」

「ん？　俺はお前といる時、いつも楽しいけど」

「……え？」

「お待たせしましたー」

思ってた以上に早く海鮮丼が来た。

うお、本当に溢《あふ》れそうなくらい海鮮が載ってるぞ……。

うにもいくらもたっぷりだが、中でもこの真っ赤なまぐろは、一切れ一切れが分厚くて、美味《うま》そうだ。

「せっかくだから写真撮っておかないとな桜ざ……って、お前もう食ってんのかよ」

桜咲《さくらざき》は既に割り箸を片手に海鮮丼を食べ始めていた。

「写真撮らないのか？」

「あ、つい食欲に負けて……」

飯を前にすると優先順位を見失う、それが桜咲菜子《なこ》。

桜咲の丼はもう色々と崩れてるので、まだ手をつけてない俺の丼を、桜咲も写真に収めていた。

写真を撮り終えて、俺も海鮮丼を食す。

「――っ?!」

う、美味すぎる。

一つ一つのネタの質といい溢れんばかりの脂といい、ネタの大きさや量だけじゃない、この丼には海鮮の旨《うま》みが溢れている。

特に、このいくらとうに。

見るからに鮮度が良く、うにの甘みやその濃厚さは段違いで、いくらも一粒一粒が実に味わい深い。

この海鮮丼は、量と質の両方を完璧に兼ね備えたまさに二刀流。

「ごちそうさまでしたー」

桜咲はいつの間にか完食していた。

相変わらず食うの早いな。

☆☆

少し遅めの昼食を終え、青果棟も見て回った俺たちは、水産仲卸売場棟の四階にある魚がし横丁に立ち寄っていた。

桜咲が生麩《なまふ》の店の前で足を止めて選んでいたので、俺は別の店で晩御飯のおかずを選ぶことにした。

俺が何を買うか悩んでいると、桜咲が両手にビニール袋を持って戻ってくる。

「閑原くんお待たせー」

「お前、どんだけ買ってきたんだよ」

「後で食べようと思って、閑原くんの分もあるからね」

ありがたいが……こいつの腹どうなってんだ。あの海鮮丼、結構量があったし、もうそんなに入らんだろ。

晩のおかずを買ってから、さらに歩みを進めると雑貨屋があった。

衣類やペナントなどが、店頭に並んでいる。

「このＴシャツとか閑原《ひまはら》くん似合うかも」

桜咲は半笑いでＴシャツを手に取る。

そこには達筆で『大トロ』という文字がプリントされていた。

「ならお前はこれだな」

俺は『脂』とプリントされたＴシャツを差し出す。

「もー！」

桜咲は頬を膨らませて怒っていた。

☆☆

その後も色々と見て回り、施設から出た頃には、既に夕日が沈み始めていた。

「楽しかったね、閑原くんっ」

「念願の海鮮、堪能できたか？」

「うん！　こんなに美味《おい》しい海鮮、北海道とか行かないと無理だと思ってたから」

「まあ、当然北海道の海鮮も絶品だと思うから、撮影とかで行ったら食べてみるといい」

「……そう、だけど。閑原くんと一緒がいいなー、なんて」

そう言って桜咲は、そっと指を俺の手に絡ませてくる。

「今日は動物園の時みたいな人込みはないが……迷子になりそうなのか？」

「ひ、関原くんが、迷子にならないようにしてるの！」

「はいはい、そーかよ……。さて、目的は果たしたし、ちょっと散歩でもするか」

「う、うん」

桜咲と手を繋《つな》ぎながら、豊洲《とよす》市場の西にある公園を歩く。

広大な土地と芝生の緑に囲まれた公園。

ここの高台からなら東京の街を一望できそうだ。

「サマーライブの日、lime で応援してくれてありがとね」

「別に感謝されるほど大したことはしてないと思うが」

「関原くんにとってはそうかもだけど……わたしにとっては、何よりも勇気貰《もら》えたから」

桜咲が足を止めたことで繋いだ手に俺は引っ張られる。

……ん？

「ね、ベンチ座ろっか」

俺たちはベンチに座り、桜咲は先ほど買ったよもぎの入った生麩を俺にもくれた。

もちっとした食感と爽やかなよもぎの味がする。

「生麩、美味しいでしょ？　栄養も豊富なんだって」

いつの間にか一個目の生麩を食べ終わり、二個目の生麩を食べながら嬉《うれ》しそうに微笑《ほほえ》む桜咲。

大食いで早食いの二刀流だし、アイドルと同じくらい、フードファイトの才能もありそうだ。

「豊洲、すっごい楽しかった。お魚いっぱい見られたし、海鮮丼も美味しかったし」

「でも……そろそろ帰らないとな」

「……うん」

「まだ帰りたくないって顔してるな」

「だって！　だって、さ……」

桜咲は力のない声になる。

気持ちはよく分かる。

俺も最近は一人で何かしてると、どこか物足りない感じがしてしまうからだ。

「関原くん、次はいつ会える？」

「お前に合わせるよ。どうせ俺は暇だし」

「……ほんと？」

「あぁ」

桜咲は、ゆっくりベンチから立ち上がった。

「じゃあ、次は花火観《み》に行きたい！」

「花火？」

「夏といったら花火でしょ？　だから次は花火大会とかどうかな？　八月ならたくさんやってると思うし」

「分かった。調べておく」

桜咲がオフの日に都合良く花火大会があればいいが……まあもしなければホームセンターの花火で我慢してもらうか。

「花火観てー、あとはたこ焼きと焼きそばとー、リンゴ飴《あめ》も食べたい！」

「やっぱそっちメインか」

第七章　現役ＪＫアイドルさんは花火が観たいらしい。

「花火大会、か」
豊洲から帰宅した俺は、すぐに晩飯の支度を始めた。
道子《みちこ》さんが仕事から帰ってくるまでには、終わらせたい。
今日豊洲で買ったはんぺんをビニール袋から取り出す。
はんぺんのラップを剝がした時、はんぺんの賞味期限が目に入った。
『8月15日』

まぁ、今日消費するし関係ないか……ん？
８１５、この数字がなぜか引っ掛かる。
あれ──この数字。
『楽しみにしてるからっ』
桜咲が手やりで見せたのと同じ数字……ん？　待てよ。
俺は晩飯の支度を中断し、すぐにスマホで【桜咲菜子】と検索する。

「そういうことだったのか……」

桜咲のプロフィール欄を開いた瞬間に、合点がいった。

手やりの815は8月15日——つまり、桜咲の誕生日を意味していたのだ。

やけにあの数字を強調してたのは、そういうことだったのか。

「楽しみにしてるってことは、お祝いしてってことだよな……？　ストレートにそう言えばいいのに」

俺はため息を吐《つ》きながら晩飯の支度に戻る。

多分このはんぺんを買ってなかったら、気づかなかったと思う。

誕生日だし、プレゼントとか用意するべきだろうか？

「桜咲への誕生日プレゼント……か」

女子って何をあげたら喜ぶのか。

七海沢《ななみさわ》なら毎年ギフトカードとかで大喜びしてもらえるんだが……。

晩飯の支度が終わった後、俺は道子さんの帰りを待ちながらスマホで『女子へのプレゼント』と検索して熟考する。

しかし、なかなかピンと来るものが見つからない。

「このまま悩んでても仕方ない。こうなったら七海沢にでも聞いてみるか」

そう思い立ち、lime を開くと七海沢へ、桜咲のプレゼント選びを手伝って欲しい、という旨を送る。すると、間髪を入れずに七海沢から電話がかかってきた。

『ちょっ、菜子《なこ》ちゃんにプレゼントってどゆこと?!　まさか告白?!』

「ちげーよ。桜咲《さくらざき》の誕生日がもう直《す》ぐだからプレゼントを選んでて」

『ふーん？　へぇ～？』

「なんだよその反応」

『航《こう》もなかなかやるねぇ。菜子ちゃん喜ぶだろうな～』

七海沢は何か勘違いしているようだが、俺はそれを無視して話を進める。

「桜咲へのプレゼント選びを手伝って欲しいんだが、いいか？」

『もちもち！　じゃあ明後日《あさって》とかでもいい？』

「いや、ネットで選ぶからアドバイスを貰えればそれで」

『ダメ！　ちゃんと自分の目で見て選ばないと想《おも》いは伝わらないし』

「はあ？　想いってお前……」

『とにかく！　明後日午後一時に上野駅前集合！　以上！』

ピロン、と電話が切れる。

七海沢のお節介も最近磨きがかかってるような……。

しかし七海沢の言うことにも一理ある。

今日から数えて桜咲の誕生日まではあと八日。当日十五日に会えるとは限らないし、店頭で買ってプレゼントが手元にある方が、何かと融通が利くだろう。

俺がスマホのカレンダーに七海沢との予定を入れていると、ちょうど桜咲からlimeが入った。

『桜咲：ふっふっふ。良い知らせと悪い知らせ、どっちを先に聞きたい？』

心底どうでもいいと思いながらも俺は『良い方』と打って返信する。

『桜咲：じゃあ良い方から。次のお休みなんだけど、今週の土曜日の午後がオフになったよ！』

土曜日って……四日後か。

『桜咲：それで次に悪い知らせなんだけど……夏休み中はその日が最後のお休みになるみたい。ごめんね』

マジか……。

この瞬間、俺がプレゼントを渡すのは四日後になるのが決まった。

☆☆

光陰矢の如《ごと》しとは言ったもので、桜咲の誕生日に気づいてからプレゼントを選んだり買いに行ったりしていたら、あっという間に花火大会当日になっていた。

夜空を彩る夏の風物詩、花火大会。

ここ東京でも数多くの花火大会が開催されていて、中には人出が百万人近い花火大会もあるが、そんな混雑する花火大会に出かけて桜咲菜子と一緒に歩いていたら間違いなく炎上不可避。そう考えた俺は、関東圏のできるだけ人出の少ない花火大会をリストアップして、桜咲の日程に合う花火大会を選んだ。

当日、甚平を着て家を出た俺は地下鉄を乗り継いでその会場へ向かう。

俺が花火大会に来るのは実に五年ぶりで、五年前、ちょうど同じ花火大会に、俺は道子さんと七海沢の三人で来ていた。

あれから七海沢は部活、道子さんはさらに仕事が忙しくなり、この花火大会に来ることはなかった（相も変わらず暇人なのは俺だけだが）。

階段を上って地上に出ると、薄暗い夜道を歩きながら会場へ向かう。

花火大会の会場が近くなるにつれて、夜店の屋台が増えていき、それに比例するように人の数も増えていった。

有名な花火大会と比べると人も少なく、花火が上がれば視線もそっちへ行くだろうし、今日はいつもより桜咲の身バレを気にしなくても良さそうだ。

「ひっまはっらくんっ」

「ん？」

背後から俺を呼ぶ声がして、振り向くとそこには浴衣姿で伊達《だて》メガネをかけた桜咲がいた。

「お待たせっ。この浴衣……どうかな？」

純白の浴衣を紺藍の撫子《なでしこ》が彩り、その優美な見た目がいつもの桜咲とは真逆の雰囲気を醸し出している。

「思ってたより、大人っぽいな」

「えへへーそうでしょー？」

その無邪気な笑顔を見せられると、いつもの子どもっぽい印象に引き戻される。

流石《さすが》に中身まで変わることはないか。

「白い浴衣だから汚さないように気をつけろよ？」

「よ、汚さないしっ！　子どもじゃないんだから」

「フラグか？」

「フラグじゃないからっ！」

そこから花火が上がる時間までは、夜店の屋台を見て回ることにした。

「閑原《ひまはら》くんって金魚すくいとか得意そうなイメージ」

桜咲は近くにあった金魚すくいの屋台を指差しながら言う。

「どんなイメージだよ」

「だってゲーセンでもワンコインでぬいぐるみ取ってくれたでしょ？　こういうのやり込んでそうだなぁって」

「別にやり込んではないが……まぁ一応、コツは知ってる」

「本当に?!」

桜咲は目を輝かせながら驚く。

「金魚、欲しいのか？」

「うん！　わたしの家ペット禁止なんだけど金魚なら許してくれると思うから……お願い！　関原くんっ」

「いいけど……ちゃんと毎日お世話するって約束できるか？」

「する！」

金魚欲しがるとか、こういうところがまだ子どもっぽいよな。

「それでそれで？　コツって何？　掬《すく》い方にコツがあるの?!」

「落ち着け桜咲。とりあえず俺のやり方を見ててくれ」

これは叔母の道子さんが五年前に俺と七海沢に教えてくれたことだが、金魚すくいってのは単に上手《うま》い下手ではなく、やる前の情報戦が重要らしい。

実は、金魚を掬うポイには4から7の号数が存在していて、号数の低い方が紙が頑丈にできている。

その号数は屋台によって違っており、やる前にそれを見極めるのが重要だとか……まあ完全に道子《みちこ》さんの受け売りなんだが。

それを念頭に置きながら近くの屋台の奥にある段ボールに目を凝らすと、薄《うっす》らと5号と書かれているのが見えた。

「よし、この屋台にするか」

俺は屋台の店主に二百円を手渡して、ポイとお椀《わん》を受け取る。

ポイ選びには成功したものの、掬い方に関しては自信がない。

五年前の記憶を辿《たど》って、道子さんがどうやって掬っていたかを思い出す。

「えーっと、まずはポイを浸しつつ……斜め四十五度から、こうっ」

俺は手際良く金魚を掬うと、そのまま反対の手に持っていたお椀に入れる。

「え、凄《すご》っ！　本当に一回で取っちゃうなんて」

正直、やってる俺も驚きだった。

まさかこんなに上手く行くとは思ってなかったし。

調子に乗ってもう一匹行こうと思ったが、よく見たらポイが少し破けていた。

まあ、今のはビギナーズラックだったたってことか。

「桜咲も同じようにやれば取れると思うぞ」

「本当？　じゃあわたしもっ」

桜咲も二百円と引き換えにポイとお椀を店主から受け取り、俺と同じ要領で慎重にポイを動かす。

「よし……」

どうやらターゲットを絞ったようだ。

桜咲は慎重に狙いを澄まし、狙っている金魚が近くに寄ってきたタイミングで――。

「ほっ！」

素早い手つきで金魚を掬い上げ、ポイが破れながらも見事桜咲のお椀にも金魚が入った。

「は、入った！　入ったよ！」

「おお……っ！　凄いな桜咲！」

「えへへー。もっと褒めてー」

桜咲はニヤニヤしながらお椀の中の金魚をこちらに見せる。

「この二匹、一緒の袋にお願いします」

二つのお椀を店主に渡すと、店主は一つの袋に二匹を纏《まと》めてくれる。

「ほい、お待たせ。これからも妹さんと仲良くな」

「いもっ?!　わ、わたし妹じゃないです！」

どうやら側《はた》から見ると桜咲は俺の妹に見えるらしい。

店主から金魚を貰《もら》って屋台を出ると、桜咲はずっと金魚袋を見つめていた。

「可愛《かわい》い～！　この金魚ちゃんたちの名前、何にしよっかなぁー？」

「名前付けるのか？」

「うんっ！」

ご機嫌な様子で頷《うなず》く桜咲《さくらざき》。

「そうだ、せっかくだし関原くんとわたしの名前にしようよ！」

「俺たちの名前？」

「このちょっと大きめの金魚の名前が『コウ』で、小さめの可愛いのは『ナコ』で」

ま、まあ、桜咲が世話をするんだし、俺がとやかく言うべきではないが……金魚たち、少しでも長生きしてくれ。

「あ、でも……もしコウとナコに子どもができたらどうしよう……」

「あぁ……確かにそいつらがオスとメスならその可能性はあるかもな」

「そ、そうだよね……コウとナコの子どもだし、名前は一緒に決めようね？」

照れ笑いしながら言う桜咲。

なぜ照れているのかはよく分からないが……ま、いいか。

「そろそろ花火が上がる時間だし、移動するか」

「移動って？」

「ここの花火は高台の公園から観《み》ると、凄い綺麗《きれい》なんだ。今から屋台で食べ物とか買って、そこで食べながら観ないか？」

「賛成っ！　じゃあ今から食べ物買いまくらないとね！」

買いまくる必要はないんだが……。

「牛串と焼きそばとたこ焼きー、あとデザートにリンゴ飴《あめ》も！」

「いくらなんでも食いすぎだろ」

相変わらず桜咲の食欲は底が見えない。

バイキングとか連れていったらどんなことになるのか……。

「さあ閑原くん！　ちゃちゃっと買いに行くよー！」

桜咲の要望通り、食べ物系の屋台を回って、花火が上がる前に公園へ向かった。

☆☆

閑原くんに案内され、わたしたちは高台にある公園にやってきた。

「五年前、この花火大会に来た時に叔母の道子さんがここを教えてくれたんだ。みんな河川敷とか夜店の屋台が集まる方に行くから、この公園は穴場になるって言われてさ」

閑原くんが言うように、その公園には誰もいなかった。

わたしたちは公園のベンチに並んで座ると、花火の上がる方角をぼーっと見つめた。

わたしは着けていた伊達《だて》メガネを外して、隣に座る関原くんの方を横目で見る。

花火を待ちながら夜空を見上げる関原くん。

こっそり手とか、繋《つな》いじゃおうかな……。

関原くんの手に自分の手を近づけようとした、その時――。


……ヒューッ。


夜空に花火が咲き誇ると、時間差で花火の上がる音が響く。

眼前に広がるその花火に見入ってしまう。

何発も、止まることなく弾《はじ》ける花火。

「わぁ、花火、綺麗……」

ベンチに座りながら、二人で夜空の花火を見上げる。

「あぁ、綺麗だ」

空を彩る花々の勢いに圧倒されながらもその美しさに魅了される。

刹那的に開花し、瞬く間に散る。

切なくも美しいその芸術を前にして、わたしは言葉を失《な》くしていた。

こんなに近くで花火を観るのは初めてだった。

レッスンの帰りとか、お仕事の最中とかに見かけたことはあったけど、こうやって誰かと一緒に花火大会に行ったことはなかった。

さっき屋台で買った食べ物への意識が薄れてしまうくらいに、うっとりしていると、閑《ひま》原《はら》くんがわたしの肩を軽く叩《たた》く。

「あのさ、桜咲……目、瞑《つぶ》っててくれないか？」

突然言われて、どうして目を瞑らなければならないのか分からなかった。

いつもよりちょっぴり強引な閑原くん。

「いいから、ほら」

わたしは動揺しながら、ゆっくり目を閉じた。

こ、ここ、これって……。

な、ななな……何されちゃうのかな、わたし。

触らなくても分かるくらい鼓動が速くなる。

わたしがドキドキしながら待っていると、閑原くんの手がわたしの前髪にそっと触れた。

も、もしかして……き、キス……とか⁈

「やったことないから、上手くできるか分からないんだが……」

わたしの髪に触れながら、閑原くんはそう呟《つぶや》く。

や、やや、やったことないって！　や、やっぱりキスなの閑原くん……?!

わたしは目を瞑り、荒くなる呼吸をグッと抑えて、唇に神経を集中させると、少し尖《とが》らせた。

☆☆

俺は、動揺していた。

女子の髪ってサラサラしすぎて、寄せるのが難しい。

あとよく分からないが、桜咲がずっと唇を尖らせてるのは、変顔のつもりなのだろうか。

俺は、慣れない手つきで桜咲の前髪を左に寄せると、手の中にある髪留めを使う。

「よし……できた。桜咲、目開けてくれ」

俺の合図と同時に、桜咲の瞳がゆっくりと開く。

「……閑、原くん？」

「桜咲……ちょっと早いけど、誕生日おめでとう」

桜咲のために選んだ、桜の形をした髪留め。

桜咲はその手でその髪留めを触ると、いきなりキュッと口を噤《つぐ》んだ。

「桜咲？」

「関原くんが、わたしのために、これを？」

「あ、あぁ。できることなら十五日に渡したいと思ってたんだが、今日がお前と会える夏休み最後の日だって聞いて。ちょっと早いけど誕生日プレゼントを……って、桜咲？」

「関原くん……！」

突然桜咲に、抱きつかれる。

桜咲の顔が目と鼻の先まで接近し、いつもと同じ桜咲の香水が鼻腔《びこう》をくすぐる。

俺は今までこんなに近い距離で桜咲の顔を見たことがない。

見れば見るほど、その可愛らしさに引き込まれていく。

桜咲って、こんなに……。

「ありがとう！　嬉《うれ》しいよ関原くん！」

「そ、そうか。それなら、良かった」

「これ、一生大切にする。……ずっと関原くんを感じていたいから」

「桜咲……」

「……ねぇ、今度は関原くんが目閉じてて」


言われるがまま、俺は目を閉じる。

すると、桜咲の小さな手が俺の顔を包み込み、その瞬間、頬に柔らかい感触がした。

目の前が真っ暗でも、花火の音は鮮明に聞こえる。

そして、桜咲の甘い吐息が頬を撫《な》でた。

そしてもう一度、柔らかい感触がして、今度は時が止まったかのようにずっとくっついて離れない…………ん？

ふと、目を開けると、俺の頬に桜咲の唇が当たっていることに気がついた。


「……っ?!」


俺が目を開けたことがバレて、桜咲は色っぽい音を立てて唇を離すと、再び甘い吐息を溢《こぼ》す。

「さ、桜咲」

俺は自分の頬に手を当てる。

今、桜咲の唇が、ここに……。

「えと……ご、ごめん！　嬉しすぎて変な気持ちになっちゃったっていうか！　止まらなかったというかぁ！」

「お、落ち着け桜咲《さくらざき》！　ほ、ほら、高揚感でハグするのとかと同じだろ?!」

「お、おお同じ同じ！　だから！　深い意味はないっていうかなんて言うか！」

「そ、そうだよな！」

よく分からないが、なぜかお互い必死になっていた。

桜咲はペットボトルのお茶を一口飲んでから気持ちを落ち着かせて話し始めた。

「ねえ閑原くん……。これからもずっと、隣にいてくれる？」

「あぁ、お前がそれでいいなら……」

「わ、わたしは閑原くんじゃなきゃヤダ！　閑原くんともっと色んな所に行きたいし、色んな景色見たい！」

「分かった。じゃあ今は」

俺は桜咲の小さな手を取って、指と指を絡ませる。

「花火、観るか」

「うんっ！」

夜空を彩る花火はお互いの赤らんだ頬を隠すのには十分だった。

☆☆

花火大会の余韻に浸りながら、俺と桜咲は駅に向かう。

「関原くん見て見て。コウとナコがさっきから追いかけっこしてるよー。二匹とも仲良いんだねー」

「そう、だな」

帰り道もご機嫌そうに金魚を見ている桜咲。

何はともあれ無事に花火大会が終わり、プレゼントも桜咲が喜んでくれたから安心した。

思い返せば慌ただしい四日間だった。

桜咲の誕生日に気づいてから二日後。予定通り、七海沢《ななみさわ》とプレゼント選びをするために上野へ繰り出したのだが、プレゼント選びは難航した。

七海沢のアドバイスを聞きながら一日中、色んな店を見て回ったのだが、なかなかピンと来るものが見つからず、何軒も回ってやっと見つけたのがこの髪留めだった。

七海沢にもお墨付きを貰《もら》ったし、プレゼント自体には自信があったのだが……まさかお礼にキスをされるなんて。

さっきから桜咲の顔を見てると、こう、頬がじんわり熱くなってくる。

なんだよこの感覚……。

俺はキスをされた頬に触れながら、また桜咲の方を見た。

「どうしたの閑原くん？」

「な、なんでもない……」

やっぱり何かおかしい。

俺が一人で悶々《もんもん》としていたら、いつの間にか駅に到着していた。

「次に会うのは高校が始まってからになっちゃうね……」

桜咲は残念そうな顔で言う。

「でもね、今まで通り、夜に電話するからっ」

「あ、あぁ。でも疲れた時は無理するなよ」

「ううん。疲れてる時こそ閑原くんの声が聞きたいもん」

俺の声に癒し効果とかないと思うんだが……。

俺は不意に駅の時計に目が行った。

「今日はもう暗いし、家《うち》まで送る」

「え？　閑原くんのお家は逆方向だけどいいの？」

桜咲は心配そうに聞いてきたが、俺は小さく頷《うなず》いた。

「電車も花火大会から帰る人で混むだろうし、一人で帰ってもし何かあったら大変だろ？」

「ありがと閑原くん……じゃあお言葉に甘えて」

俺たちは駅のホームまで行くと、同じ電車に乗る。

予想通り車内はほぼ満員で、俺は他の乗客と桜咲の間に立ちながら吊《つ》り輪《わ》を握った。

車窓を傍観しながらたまに目の前で縮こまる桜咲を見下ろす。

俺の方を見上げて何か言いたそうな目をしており、時折、俺があげた髪留めに触れて微笑《ほほえ》む。

そんなに喜ばれると、照れるんだが……。

何駅か過ぎると乗客が一気に減っていった。

周りに人がいなくなった頃合いで、桜咲はやっと口を開く。

「閑原《ひまはら》くん、次の駅で降りるからね」

「あぁ。分かった」

そういえば桜咲の家がどこにあるとか聞いたことがなかった。

桜咲に案内されてやってきたのは、高級住宅街の一角にある——。

「ここがわたしの家だよ」

〝桜咲邸〟と呼ぶのが相応《ふさわ》しいほど、格式の高さを思わせる和風建築の広々とした家がそこにはあった。

勝手に洋風なお屋敷に住んでいるのをイメージしていたので、意外だった。

「送ってくれてありがと閑原くんっ」

「お、おう。じゃあ俺は帰るから」

俺を見送る桜咲の笑顔は優しく、そしてどこか寂しそうだった。

俺は桜咲の顔をギリギリまで見てから踵《きびす》を返すと、駅に向かって歩き出す。

次会うのは、夏休み明け。

それまで会えない……のか。


「——お待ちください、閑原さん」


突然背後から、知らない大人の女性の声が俺を呼び止める。

振り返ると、白藍の上品な着物を身に纏《まと》った妖麗な女性が、桜咲の隣に立っていた。

「えっと……」

俺は戸惑いながら、また桜咲のもとへと歩いて戻る。

「呼び止めてしまって申し訳ございません」

「い、いえいえ」

俺は状況が理解できずに生返事をしてしまう。

近くで見ると細身で凄《すご》い美人だ……桜咲のお姉さんなのか？

「閑原さん、いつも菜子《なこ》がお世話になっております。私は菜子の母で、桜咲蜜《みつ》と申します。

以後お見知り置きを」

お、お母さん?!

立ち振る舞いや、その肌艶からして、どう見てもお母さんには見えないんだが……。

「関原さん？」

「えっと、こちらこそ菜子さんにはいつもお世話に――――な、なってます」

「その間は何なの関原くん！」

「だって……」

ついお母さんの前でも桜咲といつもの調子で話してしまい、お母さんは鋭い眼差《まなざ》しをこちらに向けてくる。

そ、そういや、桜咲の親って色々厳しいんだったよな。

こんな時間まで娘を連れ回してた俺を、怒りに来たんじゃないか？

「む、娘さんを遅くまで連れ回してしまい、申し訳ございませんでした」

「いえいえ。そのことは全く気にしてませんし、むしろもっと遅くなるものかと……」

お母さんは隣にいる桜咲の方を横目で見る。

「ちょっとお母さんっ」

「遅く？　何のことだ桜咲？」

「そっ、それはいいの！　関原くんおやすみなさい！」

「お、おう」

桜咲は顔を真っ赤にして、家へ入っていってしまった。

なんなんだよ、全く。

桜咲が家に戻っていったことで、俺は桜咲のお母さんと二人きりになる。

何だこの展開……気まずい。

「関原さん、立ち話で申し訳ないのですが、菜子のことについて話したいことがあるのです」

「ええ、大丈夫ですが……」

「ありがとうございます」

桜咲のこと？　一体何の話だ？

お母さんは一呼吸置いて、ゆっくりと話し始めた。

「ご存知かと思いますが、菜子はかつて子役、今はアイドルとして芸能活動をしております。その上で、人様に見られる人間として恥ずかしくないよう、厳しく教育して参りました」

「そのことは菜子さんからも伺いました。今の菜子さんがいるのもお二人の教育の賜物《たまもの》かと」

「いえ、それは違います」

「え？」

お母さんは一歩踏み込んで距離を詰めてくる。

「私たち親は、あの子に対して物事を制限して縛ることしかしてきませんでした。遊びも食事も……お仕事だって、少しでも危ない仕事は断りました。でもそれが、却《かえ》って菜子の世界を狭めてしまいました」

「お、お母さん……」

「でも、今の菜子は違います。新しいことを知って興味を持って。前に進む勇気も見受けられます。それもこれも関原さん、あなたのおかげです」

「そんなっ、俺は別に」

桜咲のお母さんは、着物の袂《たもと》から一通の手紙を取り出して俺に手渡した。

「これは五月上旬に菜子が私に渡してきた手紙です。内容は——今の高校から通信の高校に転校したい、というものでした」

「え？　桜咲がそんなことを？」

確かに手紙の中には四つ折りになっていた通信高校のチラシと、桜咲の字で綴《つづ》られた手紙が入っていた。

「それと……高校だけでなく、〝アイドルの方〟も辞めたいと」

「さ、桜咲……」

初めて話したあの日、俺の後をついてきた桜咲《さくらざき》が信号の前で泣いていたのを思い出す。

あの時の桜咲はそこまで追い込まれていたのか。

「でもある日、あの子は笑顔で高校から帰ってくるとクマのぬいぐるみを大事そうに抱えながら『その手紙をなかったことにして欲しい』と言ってきました」

それって俺と桜咲がゲーセンに行った時の……。

「あの子はその日、自分が学校に行く意味とアイドルを頑張る意味の両方を手に入れたんだと思います」

桜咲のやつ、そんなに嬉《うれ》しかったのか……。

俺はただゲーセンを案内しただけだったのに。

「あなたの存在が、どれほど菜子を救っていたのか、日を重ねるごとに感じておりました。ですからいつか、関原さんにお礼を申し上げたいと」

「い、いやその……むしろ！　娘さんを色んな所に連れ回してしまって、申し訳ございません！」

「謝られては困ります。私のような親は、それすらできないダメな親だったのですから」

「そんな、ダメなんかじゃないです。俺なんかが言うのはおこがましいのですが、今の菜子さんがいるのは間違いなくお母さんとお父さんのおかげです。ダメだなんて言わないでください」

俺は、自分でも何を言っているのかよく分からないまま必死になっていた。

「ふふっ。関原さんはいつも菜子が言っているように、お優しい方なのですね」

「そんなこと、ないです」

「夫にも関原さんのことは伝えてあります。それで……近々お会いしたいと」

「え……？」

桜咲の父親が、俺に会いたい？

い、嫌な予感しかしないんだが……。

「俺、生きて帰れますか？」

「大丈夫です。決して悪いお話ではありませんから。都合の良い日をまた菜子にお伝えください。それでは関原さん、呼び止めてしまい申し訳ございませんでした」

桜咲のお母さんとの話が終わり、俺は一抹の不安を抱えながら家路につく。

さっきとは逆方向に進む電車に揺られながら、俺は車窓の外をぼーっと見つめた。

桜咲のお父さん、か。

そういえば桜咲と電話した時に、声は聞いたことがあったな。

意外と優しそうな人だったが……実際のところどうなんだ？

そんなことを思案しながら電車を降り、俺は家に帰ってくる。

色々終わって、疲れが一気に押し寄せてきた。

「大変な一日だった……」

自室に戻ると、俺は大きなため息を吐《つ》く。

五年ぶりに行った花火大会だったが、今日ばっかりは花火どころの騒ぎじゃなかった。

プレゼントを渡した直後に、桜咲から目を閉じるように言われ、その瞬間、俺の頬に触れた桜咲の柔らかい唇。

その感触がずっと残っていて、一分一秒たりとも忘れさせてくれない。

「お、落ち着け。あれは衝動的なものであって、桜咲も感極まっただけだろうし」

ついあんなことをしてしまうくらい嬉しかったのなら、プレゼントを用意して良かったと思える。

そうだ、七海沢《ななみさわ》に報告しとかないと。

俺はlimeを開いて、七海沢にメッセージを送る。

『閑原：今、花火大会から帰ってきた』

『七海沢：お疲れ～。菜子ちゃん浴衣だった？』

『閑原：ああ、浴衣だったぞ』

『七海沢：興奮した？』

なんてこと聞いてんだこいつは。

そんなの思ってても答えるわけないだろ。

俺は適当なスタンプを送ってコメントを控えると、話題をプレゼントの話に持っていく。

『閑原《ひまはら》：この前はプレゼントを選ぶの手伝ってくれてありがとな』

『七海沢：ちゃんと渡せた？』

『閑原：おう。桜咲も喜んでた』

俺がそうlimeを送ると、既読が付いたのに、数分間の謎の空白が訪れる。

もう会話が終わったのだと思い、スマホを切ろうとしたら、七海沢からメッセージが入った。

『七海沢：で、他には？』

他？　何のことだ？

『特にないが？』と送ったら、七海沢から、ため息を吐いているキャラクターのスタンプが送られてきた。

俺はイラついて、『どういう意味だよ』と返信しようとしたら、急に桜咲からlimeの着信が入ったので、そのまま電話に出た。

「も、もしもし？」

『閑原くんさっきぶりー』

桜咲は機嫌が良さそうな高い声で話しかけてくる。

『お父さんにお願いしたらね、仕事帰りに金魚を飼うために必要なもの買ってきてくれたの！　コウもナコも水槽で元気に泳いでるよー。ほら見えるー？』

桜咲は急にビデオ通話に切り替えると、大きな水槽で泳ぐ二匹の金魚を映す。

『ずっと仲良しで、一緒に泳いでるよ？　なんかこの子たちってわたしたちみたいだね？』

「そうか？」

『そうなの！　そこは大人しく、頷《うなず》いておくところだから！』

桜咲に言われて、俺は大人しく「ああ、そうだな」と生返事をした。

『花火大会楽しかったね？　いっぱい美味《おい》しい物も食べられたし』

「お前はそっちがメインだったんじゃないか？　花火そっちのけで牛串を食べていたような気がするんだが」

『そ、それを知ってる閑原くんの方こそ、花火よりわたしの方を観《み》てたんじゃないの？』

「はっ？　ちがっ！　俺は牛串が美味《うま》そうだったから見てただけで」

『あははっ！　図星じゃーん』

「くっ……もう電話切るぞ」

俺が歯を食いしばりながら言うと、桜咲は笑いながら『ごめんごめん』と言って話を続ける。

『ねーねー、次はどこへ行こっか？』

「夏休み中は会えないんだろ？」

『始業式の日の話！　どうせ午前で高校終わりなんだから、午後はどっか行こうよ？』

「いいけど……何かしたいことでもあるのか？」

『食べ歩きがしたい！』

「また食べ物かよ」

『いいのっ！　アイドルは歌って踊るからカロリー使うし！』

　こうやって、いつも通り次に会う約束をする。

　きっとこれからも俺たちは色んな所に行くのだろう。

　桜咲に出逢《であ》うまで、俺の暇つぶしはいつも一人だった。

　でも、今みたいに桜咲に振り回される日常も、悪くない。

「じゃあ始業式が終わったらいつもの場所で待ち合わせするか」

『うん！　次は谷中《やなか》銀座かぁ。閑原くんがどんな暇つぶしを教えてくれるか、楽しみになってきたよ！』

　期待に声を弾ませる桜咲。

　どうやら、現役ＪＫアイドルさんは暇人の俺に興味があるらしい。

　暇人で無愛想な俺のことを知ったところで、一円の価値にもならないと思うが……それでも桜咲は俺に興味があるらしい。

『じゃあまた遊ぼうね、閑原くんっ』

書き下ろし番外編①　花火大会後、恋バナに花を咲かせる

閑原くんとの電話が終わると、そのタイミングを見計らったかのように、入れ替わりで今度は詩乃《しの》ちゃんから電話がかかってきた。

『やっほー、菜子《なこ》ちゃん～』

ご機嫌な詩乃ちゃんの声が、スマホから聞こえる。

「こんばんは、詩乃ちゃん。急に電話なんてどうしたの？」

『今日さぁ航《こう》と一緒に花火大会行ったんでしょ？　航から聞いたよー、菜子ちゃんの浴衣が可愛《かわい》すぎてめちゃくちゃ興奮したって』

「ほっ！　本当に?!」

わたしが食い気味に反応すると、詩乃ちゃんは『あ、あー、えっとぉ』と微妙な反応を示す。

『ごめん、ちょっと盛った』

「ちょっと？」

『うん。航が「桜咲は浴衣だった」って言ってたから』

「…………え？　それだけ？」

『うん』

「ちょっとどころじゃないじゃんっ！　それ大盛りだよ！　全然関原くん興奮してくれてないっ！」

『あれれー？　菜子ちゃんは航に興奮して欲しかったの？』

「そ、しょれは……その」

完全に上手《うま》いこと誘導されちゃったような気がする。

「べ、別にわたしは！　関原くんに興奮して欲しかったわけじゃないけど、少しは……そういう目で見てもらっても、構わないっていうか」

『菜子ちゃんおませだねー』

「も、もう！　わたしを揶揄《からか》いたいだけなら電話切るから！」

『あーごめんごめん。本当はちょっと話を聞きたかったから電話したの』

「話？」

『少しは進展あったのかなって』

「……さっきの言い草だと、先に関原くんと連絡取ってたんだよね？　関原くんは何て言ってたの？」

『航はねぇ「桜咲の唇の感触が離れなくて眠れない」って言ってたよ』

「そ、そうなの?!」

なんでキスのこと、詩乃ちゃんに言っちゃったの閑原くん！

わたしが動揺していると、詩乃ちゃんは困ったように『え……っと』と呟《つぶや》く。

『ごめん、今のも嘘《うそ》、だったんだけど……一言目で否定しないってことはまさか』

「あっ」

お互いに会話が止まり、急に電話が切れたのかと錯覚するぐらい静まり返る。

ば、ばばばば、バレちゃった……！

さっきの流れなら絶対嘘なのに、なんで気づかないのわたしっ！

『マジでキスした感じ？』

「……し、詩乃ちゃんのバカ！」

『いやぁ、本当にそこまで行ってるとは思わなくて。「キスなんかしてないし！」って突っ込まれると思ったのに、まさかの反応だったからさぁ』

「ち、違うの！　ちょっとバランスを崩して、ほっぺにこう、チュッて感じで！」

『はいはい分かった分かった（棒読み）』

「もー！　詩乃ちゃんの嘘つき！」

『疑心暗鬼にならないでよ菜子ちゃん』

「詩乃ちゃんが悪いと思うんだけど?!」

わたしはヒートアップしすぎたので、一度深呼吸してから、再びスマホを手に取った。

「あんまり揶揄わないでよ詩乃ちゃん」

『ごめんごめん。もう揶揄わないから』

信用できなくなったわたしは、詩乃ちゃんの一言一言に身構えるようになっていた。

今度はもう騙《だま》されない……！

『航のこと、本当にありがとね』

また揶揄われると思っていたら、やけに真面目なトーンで詩乃ちゃんは話し始めた。

『菜子ちゃんと知り合ってからの航は、以前よりも笑う回数が増えたと思う』

「そう……なのかな」

『幼馴染《おさななじみ》のあたしが言うんだから間違いないって。絶対に航は、菜子ちゃんといる時間に幸せを感じてる。だから、菜子ちゃんも航との時間を大切にしてあげて』

「詩乃ちゃん………真面目なこと、話せるんだね」

『ちょっ、それどーいう意味?!』

わたしのことを揶揄ったりおちょくったりする時の詩乃ちゃんはイジワルだけど、閑原くんのことを大事に思っている詩乃ちゃんは何だかんだで優しいと思う。

わたしのことも応援してくれるし、最初の美化委員会の時も、怖い男子生徒からわたしのこと守ってくれた。

「詩乃ちゃんってさ、カッコいいよね」

『どうしたの急に？　あ、もしかして航と付き合う前にあたしで予行練習したいとか？』

「それは、ちょっと……」

『がーん、菜子ちゃんにフラれた～。あ、そうだ、航に菜子ちゃんからフラれたことと菜子ちゃんは「関原くんじゃないとヤダ」って言ってたってlimeしとこ』

「もー！　そうやって振り回すのやめてよー！」

夏休み最後の休日は、関原くんとの距離がかなり縮まって、詩乃ちゃんとも仲良くなれた幸せな一日だった。

書き下ろし番外編② 恋川美優の追憶

私、恋川美優《れんかわみゆ》は小さい頃から「可愛い可愛い」と持て囃《はや》されてきた。

抜群のプロポーションと端整な顔立ちは、周囲から羨望の眼差《まなざ》しを集めてきたし、私自身も自分の容姿には自信があった。

しかし高校入学前、それは私の狭い世界での話だったと思い知らされる――。

自信満々で受けた大手事務所のアイドルオーディション。

ここに所属して、人気アイドルを目指して芸能界に入ると意気込んでいたのに――。


「うーん、君には特別な何かを感じないな」


オーディションの個人面接で、プロデューサーから突きつけられた現実。

「見た目や顔は頭一つ抜けてるかもしれないけど……可愛いだけじゃこの世界でやるの結構キツイよ？　ねえボイトレはやってる？　ダンスは？　キャラ作りとかも柔軟にこなせるのかな？　今は小柄で清純派の、妹みたいな感じの子が流行《はや》りで、君とは真逆なんだよねー」

散々な言われようで、プライドを踏み躙《にじ》られた挙句、私は不合格だった。

その後も何件かオーディションを受けて、合格したのは区のご当地アイドルのオーディションのみ。

なんとか一つは合格した……でも本命の大手に受からなかった私のモチベーションは下がる一方で、周りに持て囃されて浮かれていた自分が馬鹿らしくなっていた。

高校入学後、同年代の現役高校生アイドルたちが人気の音楽番組に出演する傍らでご当地アイドルの私は、区のイベントで用意された小さなステージで歌って踊るだけ。

『区のために頑張ります』と言って愛嬌《あいきょう》を振り撒《ま》く日々。

始めて数週間で、私のモチベーションは底をつき、限界を迎えていた。

こんな時、私にモチベーションアップの魔法をかけてくれるような王子様が現れたら――。

「……そうだ」

その日から私は、自分に寄ってきた男子に手を出すようになった。

手を出すと言っても、身体《からだ》には一切触れさせず、試しに一回だけ遊んでみて、楽しくないならまた別の人を誘うという淡白なデートを繰り返す。それでも理想の男子が見つかることはなく、私の悪評だけが残った。

そして、高校入学から二ヶ月が経《た》った六月のこと。

午後から雨予報だったのに、傘を忘れた私は、昇降口の屋根の下で雨宿りしていた。

こうして待っていれば男子が傘を貸してくれるだろうと勝手に思いながら、降り頻《しき》る雨を眺めていたけど、私が〝ビッチ〟だという悪評が祟《たた》ったからか、昇降口を行き交う生徒は私を無視する。

取っ替え引っ替えした結果、最近男子たちが近づいてこなくなったのは薄々感じていた。

誰にも声をかけられず、一時間が経った頃には昇降口は静寂に包まれ、下校する生徒も少なくなっている。

私は昇降口の前でしゃがみ込みながら、雨音を聞いていた。

濡《ぬ》れてもいいから、もう帰ろうかな……。

そう思って立ちあがろうとした時だった――。

校舎から出て来た気怠《けだる》げな中肉中背の男子生徒。

彼は昇降口の前で足を止め、急に辺りを見渡すと、不意に私と目が合った。

「傘、ないのか？」

☆☆

「ここに折りたたみ傘を置いていくから勝手に使ってくれ。安物だから返さなくていい」

折りたたみ傘を足下に置いて、男子はその場を後にした。

私のことをモブのようにしか見ていないあの目と、素っ気ない態度。

最初こそ私に興味がありそうだったのに、すぐに興味をなくして……。

これまで私に優しくする男は総じて下心が丸出しだったのに、彼は違う。

私に興味を示さないだけでなく、見返りを望まずに自己満足で傘を置いていった。

親切なのか、それともただ自分勝手なのか分からない彼のことが、私は気になっていた……。


そのまま梅雨が明けて——夏休みに入る。

私はご当地アイドルの仕事で花火大会のステージに来ていた。

姉妹関係のグループが活動している地区の花火大会で、「トークライブコラボ」という形で呼ばれたのだ。

誰一人として観客が足を止めない中でも、ステージの上で姉妹グループのメンバーとトークを続ける。

早く終わって欲しい……。

ステージから夜店の屋台で遊ぶ人たちが見えるので、私はそれを眺めながら時間が経つのをただ待っていた——その時だった。

ステージの前を、見覚えのある人物が通り過ぎる。

あれ……？　あの甚平を着た男子は……。

あの顔は間違いない。彼は傘を貸してくれた男子――。

ただ、今日の彼はあの時のような気怠さを全く見せず、隣を歩く彼女と思われるメガネの女子と一緒に、ずっと笑顔で屋台を回っていた。

なるほど、彼女がいたからあの時、私に興味のないフリを……。

「ふふっ、そんなことされたら――奪いたくなっちゃうじゃないですか」

あとがき

初めまして。新人ラノベ作家で現役JKアイドルの星野《ほしの》星野《せいや》と申します。

本作『現役JKアイドルさんは暇人の俺に興味があるらしい。』はちょうど三年前にWEB小説サイトで書いていた作品なのですが、昨年『オーバーラップWEB小説大賞』の『銀賞』をいただき、こうして書籍化までしていただきました。

思い返せばここまで長い道のりでした。

この作品がWEBで連載開始した三年前（2020年）は、コロナ感染拡大で、私が通っていた大学も完全非対面講義となり、上京二年目の私は東京に来た意味を見出《みいだ》せず、ストレスの溜《た》まる日々を過ごしていました。

そんな時、某グルメドラマを観《み》ていて、あることを思いついたのです。

そうだ『外に出れないなら物語で外の世界に触れよう』と。

そこから私は、コロナ前の2019年に自分が遊びに行った場所を舞台にして【全く新しいお出かけ系ラブコメ】というコンセプトで、この作品を書き始めました。

いつコロナが終わるのか分からない中で、私自身はこのまま東京を楽しめないかもしれないけど、せめて物語の中にいる航《こう》や菜子《なこ》には楽しんで欲しいと思ったのです。

そこから二ヶ月くらいほぼ毎日投稿を続け、読者様からたくさんの感想をいただき、嬉《うれ》しくて本気で泣きました。

それくらい私の中では、思い入れのある作品だったので、書籍化することができて感無量です（オーバーラップ様本当にありがとうございます！）。

経緯に触れたので、次は作品の中身について触れましょう。

この作品は書籍化するにあたって、全体の大幅加筆はもちろん、設定もだいぶ変わりました。

例えば七海沢《ななみさわ》の性格は、ＷＥＢ版では時折ダークな一面を見せてた（ほぼヤンデレ？だった）のですが、書籍化に伴い今のお姉ちゃんキャラにガラッと変わり、あと恋川《れんかわ》の見た目とかも変えましたし、彼女の登場シーンも変わってます。

昨年から本書の書籍化作業に入ったのですが、昨年はこの作品に触れるのが実に二年ぶりということもあり、自分で書いた作品とは思えないくらい、キャラの喋《しゃべ》り方とか、性格が全く思い出せなくてなかなか苦労しましたね。

今後のことですが、二巻以降ではスペシャルブレンドの謎や、菜子の母親の正体（作者が引くほどに色々とヤバいです）、恋川の急接近、さらには航と七海沢の過去も明かされ、ＷＥＢにはいなかった新キャラの登場もあるかもしれません！　乞うご期待!!

ということで、最後にお世話になった方々へお礼を。

挿絵を担当してくださった千種《ちぐさ》みのり先生。

とっても可愛《かわい》いキャラクターを描いていただき感謝の気持ちでいっぱいです。

菜子の見た目が良すぎて、我が家の家宝になりました。

続きまして、担当編集様。右も左も分からないひよっこ作家の私にプロットの作り方や校正の仕方、さらには最近のラノベが分からない私に、参考書籍まで送ってくださり、心より感謝申し上げます。こうして本にできたのは、ひとえに私を育ててくださった二人の編集者様、そしてオーバーラップ編集部の皆様のおかげです（この作者、大丈夫かなぁ？と不安にさせてしまったことも多かったと思いますが）。本当に、本当にありがとうございます！

そして、この作品を販売する上で尽力してくださった営業部様、校正様、株式会社オーバーラップ様、本当にありがとうございました。

最後になりますが、本書を手に取ってくださった読者の皆様。

作者の名前は忘れていいので、東京に行ったら菜子や航が楽しんでる様子を思い出して、聖地巡礼とかしていただけたら幸いです（#現役ＪＫアイドルさんでツイートしてもらえたらエゴサ好きの作者が反応します）。

数あるライトノベルの中から、この作品をご購入いただき誠にありがとうございました。

二巻でお会いできることを心より願っております。ここまでありがとうございました！

作品のご感想、
ファンレターをお待ちしています

あて先

〒141-0031
東京都品川区西五反田 8-1-5 五反田光和ビル4階
オーバーラップ文庫編集部
「星野星野」先生係／「千種みのり」先生係

OVERLAP

現役JKアイドルさんは暇人の俺に
興味があるらしい。1

発　　行　2023年5月25日　初版第一刷発行

著　　者　星野星野
発 行 者　永田勝治
発 行 所　株式会社オーバーラップ
〒141-0031　東京都品川区西五反田 8-1-5
校正･DTP　株式会社鷗来堂
印刷･製本　大日本印刷株式会社

Printed in Japan　ISBN 978-4-8240-0491-8 C0193

オーバーラップ　カスタマーサポート
電話：03-6219-0850／受付時間 10:00～18:00（土日祝日をのぞく）

オーバーラップ文庫
異能学園の最強は
平穏に潜む
～規格外の怪物、
無能を演じ
学園を影から支配する～
［　その怪物――測定不能　］
最先端技術により異能を生徒に与える選英学園。雨森悠人はクラスメイトから馬鹿にされる最弱の能力者であった。しかし、とある事情で真の実力を隠しているようで――？　無能を演じる怪物が学園を影から支配する暗躍ファンタジー、開幕！
著 藍澤 建　イラスト へいろー
シリーズ好評発売中!!

第11回 オーバーラップ文庫大賞
原稿募集中！
イラスト：じゃいあん
【締め切り】
第1ターン 2023年6月末日
第2ターン 2023年12月末日
各ターンの締め切り後4ヶ月以内に佳作を発表。通期で佳作に選出された作品の中から、「大賞」、「金賞」、「銀賞」を選出します。
その物語は、きっと誰かが好きな物語。
【賞金】
大賞…300万円
（3巻刊行確約＋コミカライズ確約）
金賞……100万円
（3巻刊行確約）
銀賞………30万円
（2巻刊行確約）
佳作………10万円
投稿はオンラインで！ 結果も評価シートもサイトをチェック！
https://over-lap.co.jp/bunko/award/
〈オーバーラップ文庫大賞オンライン〉
※最新情報および応募詳細については上記サイトをご覧ください。
※紙での応募受付は行っておりません。